暢銷書《六神磊磊讀金庸》系列作品

越過人生的刀鋒

金庸筆下的女子

人生有三件事最難越過：
面對誘惑、面對委屈、面對執念。
金庸寫女人，比英雄更動人。

骨灰級金迷，解析金庸第一把交椅
六神磊磊．讀金庸團隊——著

任性出版

目錄

推薦序一

金庸寫的不是奇女子，而是充滿人性的平凡女子

前臺灣師範大學教授、武俠小說研究者／林保淳

武俠小說是俠骨與柔情兼容的文學體式，既有陽剛爽颯的凜凜英風，也有綢繆宛轉的款款深情，風雲氣與兒女情，交融為一，這是自從明代女俠開始嶄露頭角，歷經明、清兩朝許多俠義小說的積累醞釀，最終由民國舊派的武俠小說名家王度廬締構成功。

武俠小說的江湖世界會模擬現實，照道理也應該摹寫出現實世界中形形色色的女性的細緻樣貌，但由於武俠小說的特殊體式，出現在武俠小說中的女性，多半只是陪襯，是環繞於男性角色，尤其是主角而開展的。即此，就呈現出相當程度的共通性，可以區劃成幾種不同類型。

武俠小說中主要的女性類型，約可分為弱女、嬌女、俠女、妖女、魔女五種。弱女主要的功能是用以凸顯俠客的英風俠氣，是俠客濟弱扶傾的俠行中受到救助、保護的對象，

最典型的例子就是金庸《笑傲江湖》中的儀琳；嬌女則嬌生慣養、驕恣任性，常為俠客帶來不少困擾、惹出不少麻煩，俠客對她又愛、又憐、又恨，如古龍《武林外史》中的朱七七；俠女則在俠客闖蕩江湖的過程中經常相伴而行，武功、智慧常能給予俠客協助，如臥龍生《飛燕驚龍》中的朱若蘭。這三種女性，通常都會對俠客充滿愛慕、景仰之心，也常會在小說的結局中，成為俠客的終身伴侶。

妖女較為複雜，小說中的妖女，可分兩種不同的妖，一種是小說中因其出身及立場正邪不同，而被視為妖女，但實際上是以俠女的方式撰寫，如金庸《射鵰英雄傳》中的黃蓉、《倚天屠龍記》中的趙敏。另一種則是行為佻達（按：音同挑踏，輕薄放蕩之意）蕩佚，以美色誘人的女子，在許多武俠小說中都被視為「淫娃蕩婦」，是俠客動心忍性的最大考驗，如古龍《多情劍客無情劍》中的林仙兒。

魔女則是因其生命經歷中曾有過某些創痛，因此行事偏激、不通人情，展現出其執拗激矯的性格，如金庸《倚天屠龍記》中的滅絕師太、《神鵰俠侶》中的李莫愁，常是小說中俠客必須加以扭轉、克服的難關。

這五種類型的女子，僅是舉其大端而已，其間偶有重疊、跨類的部分，而其中隨著小說情節的變化，也可能有蛻轉的過程，不可一概而論，但看作家何以生花妙筆，細細加以描摩。

而金庸小說中的女子，之所以廣受矚目，當然與他的小說廣泛流傳、深獲讀者肯定及喜愛有關。尤其是在金庸小說改編成連續劇後，在導演精心挑選下，原本在小說中必須透過文字想像，才能形塑而出的形象，隨即有了可供眼見目睹的具體形象，更容易深入人心。一代代的著名美女演員輪番上陣，各以其不同而精湛的演技，演繹、詮釋了小說中眾女子各具特色的風貌。觀眾會如數家珍般的評論哪一代的黃蓉、小龍女、趙敏最是維妙維肖，連較負面的周芷若、李莫愁、滅絕師太，也引發相當多關注。

至於本書作者六神磊磊，也談金庸小說中的女子，但他談的方式大有不同——他所寫的是「女子」，而不是「奇女子」。

諸多的論述，關注的都是那種世間難得一見、尋常人或許一輩子都遇不上的奇女子。奇女子當然引人矚目，但人生中更多的是那些平凡無奇、偶然在生命中有些許波瀾的女子，雖是往往無關緊要，卻更真實反映了世間的常態。奇女子會讓人欣羨、嚮往、感慨，但畢竟與自身遙不相及；而平凡女子，無論是善是惡，卻才與自家最為貼近。

六神磊磊自然非得談談奇女子不可，但他筆尖的觸角，一如他談論的方式，踏踏實實的從現實生活中出發，兼收並蓄。一顆石頭投入水中，濺起浪花，這是大家都會注意觀察的，而浪花落水，波紋迴環，有時候，我們就會忘了那些淡細、微弱的波痕，其實也與浪花共鳴共生，也才是真正最廣闊、最普遍的。六神磊磊之難得，就是除了讀者耳熟能詳的奇女子外，也在若干配角、龍套，乃至完全不起眼的女性，也都有所著墨，如洪凌波、裘千尺、完顏萍、丁敏君、王難姑、峨嵋靜慧等。

在他眼中，其實**奇女子也未必是那種英英赫赫、千年一遇的奇人，再如何奇，總是有其人性的一面**，而這正是六神磊磊切入的角度，以現世的社會人際脈絡，旁徵博引、深入分析，去闡明她們的優點與缺點。

本書書名提到「越過人生的刀鋒」，刀鋒甚利，稍有不慎，即會傷人傷己，**人生有三大刀鋒，其為誘惑、委屈與執念**。這三大刀鋒，都是人在社會複雜的人際脈絡關係中必然會遭逢到的，如何面對各式各樣的誘惑，面對委屈、避免委屈，以及如何放棄我執，以同情心、同理心，為人我設想，在在都是學問，也在在需要智慧。

六神磊磊論金庸筆下的女子，其實是從社會人的角度，去看待這些奇或不足為奇的女子，以他豐富的社會經驗、明察秋毫的亮眼，廣舉有趣的金庸小說事例、歷史上的人物、現世發生的事件做類比，深入人物的心理，一一剖析，有褒、有貶、有讚嘆、有惋惜，論之有道，言之成理，娓娓而述，其實不僅是說給女性讀者聽，也是說給所有的人聽。

壬寅歲末林保淳序於台北木柵說見齋

推薦序二

女人如花，既傻且真、無悔且忠於自我

臺師大助理教授／李純瑀（魚小姐）

細讀本書下來，我彷彿經歷一場**隆重而盛大的女人心事典禮**。金庸筆下的女子，各有各的美與靈是回事，但那股為這個世界，更可說為一眾男人所帶來的酸甜苦辣，才真叫一個精彩。而每位女子的翻雲覆雨手，皆顛倒、錯換了深情款款。

不是每段帶著愛意前行的相遇都能稱為愛情，更非每段重逢都是念念不忘、必有迴響，許多時候，這世上的愛情在百轉千折以後，伴隨天風海雨而至的往往是一波更大的衝擊，讓人懷疑究竟哪裡出了錯。付出沒有錯、真情並無誤、執著有何礙……然而，書中的女子用她們的片片歷程告訴我們：錯了。最令人傷心的是，連錯在何處都不見得知曉；沒有人可以給個解答，問破了天地，也問不出任何所以然。

你太精明了，男人畏你，就怕你看穿他的心而無所遁形；你過於犧牲自己、成全對方，男人照樣拔腿就跑，深覺這是種情緒勒索而再無抽身機會；你面對誘惑，得衡量利弊；你獨自面對痛楚，深感何以蒼茫天地卻無人相伴之時，這一切終究得黯然內化；你深愛之人已心有所屬，那樣的痛徹心扉和遺憾，唯有自己能解……**世上一朵又一朵的女人花，既傻且真、既無悔又忠於自我。**

然而在這背後，卻莫要忘了這朵朵花兒的心中暗藏著的深切感受，愛情、安全感、控制欲、自我欺騙，無非是為了在當時的環境中為自己覓得一段心安的前路，讓自己好生安穩的徜徉人間。這絕對不是錯。錯在所遇非人，遇到不適合的自己、遇到不適合的對方，遂而產生了金庸筆下一個又一個多變的女性，她們溫柔、驕傲、瀟灑、不羈、固執……各唱各的調，唱出一首首女人的心情曲調。除了愛情，女人花自有更多盛開之處。

書中的女性職場觀倒也是挺新巧的思路。愛情和職場，在有些地方竟不謀而合。你在意的名利地位，偏不往你這兒來；辛苦工作，最後收穫成功的卻不是你；選對老闆，在大方向上應該妥當了，但天曉得何時來場翻天覆地的風起雲湧，攪得天怒人怨？前方的路永遠不清晰，若能不為小人所害，那是人生一大成功；若是在後頭給人穿了小鞋，你得有反擊能力，而這能力又豈是一朝一夕養成，那可是用一次次血淚經驗換來的硬底子功夫。

且看書中一朵朵女人花，如何用她們的生命訴說著每一段往事，要人動容至內心深處，觸動心中最幽微的那塊角落。

序言
每個金庸筆下的女性，都有人生刀鋒

這其實是一本關於成長的書。

人的成長，無非就是學會面對三樣東西：面對誘惑，面對委屈，面對執念。男性和女性都一樣。英國現代小說家威廉．薩默塞特．毛姆（William Somerset Maugham）說，一把刀的鋒刃總是難以越過。而這些就是人生的刀鋒。

哪怕再聰明、機智，也可能在其中某一項倒下。金庸小說裡的人就是這樣。

康敏無法面對誘惑，權力的誘惑、被愛的誘惑，所以她變得貪婪，最後不擇手段。

李莫愁無法面對委屈，於是過度報復，到處殺戮、不明是非。

滅絕師太無法面對執念，固執的相信絕對的善和惡，非黑即白，所以不可理喻。

面對凜冽的刀鋒，作為脆弱而又充滿欲望的凡人，該如何越過？我覺得有一個很好的詞語：溫柔。

這是一個經常被誤解的詞彙。很久以來，總有人愛說女性要溫柔，因而遭到不少非議——憑什麼女性就要謹小慎微、低三下四？

事實上，**真正的溫柔不是對他人的，而是對自己的**。當面對誘惑、面對委屈、面對執念的時候，我們都需要對自己溫柔。你可以熾熱的去追求，但要溫柔的控制好腳步；你可以強烈的去控訴，但不妨溫柔呵護自己的內心；你也可以果斷的拒絕與放下，但不妨溫柔的說聲再見。

欲望會讓世界前進，而溫柔的力量讓世界可愛。

我個人的主要工作，就是解讀金庸的武俠小說。他的書中有幾百位女性，其中性格鮮明的精彩人物，少說也有幾十個，如「馬疾香幽」的木婉清、「玉樹瓊苞堆雪，冷浸溶溶月」的小龍女、「紫衫如花，長劍勝雪」的黛綺絲、「同一笑，到頭萬事俱空」的李秋水和天山童姥……每一個金庸筆下的女性，都有成長的悲歡故事，都有她們各自人生的刀鋒，讓我們回味不盡。

郭襄到底有沒有「誤終身」？

岳靈珊為什麼如此柔弱而長不大？

戚芳救丈夫為什麼錯了？為什麼說不要給爛人捅你最後一刀的機會？

對此，我都會作為一個觀察者，給出個人的解讀。

在古代文學名著裡，女性角色很少。四大名著（按：指《三國演義》、《西遊記》、

《水滸傳》及《紅樓夢》）裡，只有一本認真寫到了女性，另外三本基本上都只講男性，女性則是陪襯或「工具人」。

但一個有趣的現象是，在古代的武俠故事裡，女性的比例卻明顯多了不少。任渭長（按：任熊，字渭長，清朝畫家）在《三十三劍客圖》裡，選了三十三個古代劍俠，裡面有十名女性，這些劍俠裡最知名的也多是女性，比如趙處女（按：春秋戰國時期女劍客，多稱為越女）、紅線（按：出自唐傳奇《紅線傳》）、聶隱娘、荊十三娘。為什麼會出現這種俠女很多的有趣現象？可能是**女性愛憎分明，更有「俠」的色彩和膽氣**。

希望這一冊《越過人生的刀鋒：金庸筆下的女子》，既能讓你我品味經典武俠文學的魅力，也能使大家體會江湖俠女的風采，同時還是一次對人生、成長的共同啟示。

第1章

事事說到你心坎的人，最該小心

——《雪山飛狐》南蘭

每個人都很孤獨。在我們的一生中，遇到愛、遇到性，都不稀罕，稀罕的是遇到了解。

如果一個人讓你絕對的舒服，事事都說到你心坎裡，處處都迎合你的心意，那他很可能是在勾引你，對你另有所圖。

金庸寫的女人中，有一個是中了「殺豬盤」（按：透過網路交友取得對方信任，誘導股票投資、賭博等的詐騙方式，將詐騙過程類比為養豬、殺豬）的，叫南蘭。南蘭是《雪山飛狐》裡大俠苗人鳳的妻子，由於對婚姻不滿，覺得和老公沒有共同語言，便同另一個男人田歸農私奔，結果中了他的圈套，後來的丈夫純粹是利用她的感情來騙寶藏。南蘭的人生終以悲劇收場。

對婚姻不滿，可以理解。知名作家、編劇廖一梅寫過一句著名的臺詞：「每個人都很孤獨。**在我們的一生中，遇到愛、遇到性，都不稀罕，稀罕的是遇到了解。**」南蘭覺得和苗人鳳在一起沒有愛，也沒有性，了解也一般，後來來了一個田歸農，居然事事都稱自己的心意，當然就想跟對方跑。

問題是，事事都稱你的心意，自己想什麼，對方就來什麼，那踩雷的機率就大了。

有家、有兒女的人要幹私奔這種事，得先撕碎自己。南蘭與人私奔，奔得猛烈，奔得不管不顧。當時的情景讓人心酸：大雨夜在商家堡（按：由八卦門中的頂尖高手商劍鳴建立，去世後由獨子商寶震擔任堡主），丈夫抱著女兒追來，小女孩大聲哭著要給媽媽抱，南蘭卻狠起心腸不理——幸福和女兒，我選幸福，一旦抱了女兒，幸福就沒了。

在道德層面上，罵她兩句容易。但金庸不想讓這本書受限於道德觀，而是要講利害。南蘭的選擇能讓她追求到她所認為的愛情嗎？不能，因為在兩性關係裡，有些事不是靠換人就能解決的。

下面來說一下她的根本問題出在哪裡。

南蘭是個官家小姐，父親是一個中下層的官僚。因為一場意外，因緣際會之下，她嫁給了大俠苗人鳳。

嫁入苗家後，南蘭對婚姻日益不滿，總覺得苗人鳳沉悶無趣，感到苦悶。在她眼裡，丈夫雖然是天下第一大俠，但是木訥內向，只酷愛練功，夫妻間沒有共同語言，根本沒話聊。這裡就有個問題了，苗人鳳是不是真的見了誰都沒話說呢？並不是。

他見到胡一刀就能把酒言歡、口若懸河，哪怕是對著異性胡夫人，也能聊得很投契、長談忘倦。後來遇見年輕一輩的程靈素、胡斐等小朋友，他也可以迅速與之結成忘年之交，都聊得來。

和這些人在一起，苗人鳳怎麼就變得有話說，也很有魅力？怎麼唯獨就對南蘭沒有太多話說，也顯得沉悶死板、毫無魅力？原因何在？說穿了，就是夫妻倆完全不相配，層次不同。

苗人鳳是藏著前朝大祕密的江湖大佬，業務上精強，智謀上細密，眼光又高，閱歷極豐富。相比之下，南蘭只是一個普通官僚家的小姐，嫁人之前大門不出、二門不邁（按：二門指四合院裡的垂花門），年紀很輕，閱歷也淺，大概也沒有什麼文化，放在芸芸眾生中雖然算不得弱，但放在苗人鳳身邊就成了無知少女，見識和段位差很遠。我們必須意識到此般差距的存在。

兩性關係之中，沒話說的原因也各有不同。有一些隔閡很容易被混淆為性格問題，彷彿是對方內向孤僻所致，但事實上，未必真是什麼性格問題，而是層次問題。

即便換成最能說會道的楊過、令狐沖來娶南蘭，怕是也照樣沒話說。試想，三十六歲之後戴著面具橫行天下的「神鵰俠」，對少女南蘭能有什麼話說？照樣沒話說。

發現沒？楊過對郭襄也沒有什麼話能說，他們也聊不來。說得直接、殘忍一點，南蘭認為生活無趣，在某種程度上不是生活無趣，而是自己無趣，就像俄國作家費奧多爾・杜斯妥也夫斯基（Fyodor Dostoevsky）說的，生活只有在無趣的人眼中才是無趣的。

南蘭不願忍了，要追求愛情。她的辦法是「換人」，相中了另外一個人——田歸農。

相識之初，她覺得田歸農和苗人鳳完全相反，他是那麼英俊風趣、善解人意，沒一句話不討人歡喜，沒一個眼神不勾人，讓人想起了就心動。

那麼，田歸農是何許人也？是天龍門掌門，也是個武林大豪，而且城府極深、野心很大。南蘭和苗人鳳沒有共同語言，怎麼和田歸農忽然就有共同語言了？田歸農拚命做小伏低討好她，這正常嗎？

這就牽涉到情感江湖中一個常見的危險陷阱──**如果一個人跟你聊天，讓你特別舒服，事事都說到你的心坎裡，句句都特別順你的心意，那很可能不是你遇到知音，而是他刻意在勾引你，對你另有所圖。**

一個有主見的人，必然有其原則與堅持，不可能事事逢迎、遷就他人，除非他另有目的。事出反常必有妖。

隨後發生的事很快證明了這一點。南蘭陷了進去，完全沉浸在「靈肉雙修」的喜悅中，拋夫棄女出走，卻很快便意識到田歸農是刻意勾引，圖謀的是苗家關於寶藏的祕密。他與南蘭的情投意合、那些說不完的話，不過是個「殺豬盤」。

假把戲終究會被戳穿。之前人家刻意迎合你，最後終究會露出原形。新生活開始後，南蘭發現田歸農不再風趣，也不再善解人意，和自己也沒了說不完的話，而是迅速疏遠自己。他倒是不像苗人鳳一樣只努力練功，而是埋入江湖上種種合縱連橫、陰謀詭計之中，變成一個陰森版的苗人鳳。

南蘭繞了一大圈，付出了巨大的犧牲，背負了沉重的道德代價，犧牲了名譽、拋下了孩子，結果比原點還不如。

回到之前的話題：南蘭的婚姻困境，該怎麼破？真正管用的是兩條路：提升自己，開闊一下眼界，增長閱歷知識，讓自己和苗人鳳說得上話；或者，也可以換人，那就換一個和自己對等的人，比如嫁個普通鄉紳、不學武的，大家在一個圈子、有同一種價值觀，更聊得來，不能換田歸農這樣野心勃勃的江湖大佬。

對激情這檔事，必須有足夠的認識。有一部美國老電影叫《麥迪遜之橋》（*The Bridges of Madison County*），講的也是已婚女人遇到「真愛」的故事。影片中的男主角倒是真心實意，不像田歸農別有用心，但女主角在激情過後，還是選擇留在家裡，不跟他走。很多人看完後一陣感動，說女主角對家庭的責任心很強，不願意為了私欲而摧毀家人的幸福。

但是我私心認為，女主是個聰明人，明白激情易碎。她很清楚自己跟男主角的相處為什麼愉快。除了兩人真正投契，還有環境的加持，孩子們都不在，沒了日常生活裡的辛苦，在生活的休止符上寫出一點動人旋律，很浪漫，但也很短暫。若跟著男主角走，激情過後，會重新面臨生活的雞零狗碎，還不如在回憶裡保持美好。相逢有愛，後會無期，既然殊途同歸，又何必傷筋動骨呢？

第2章

人不能改變身世，但可以選擇命運

——《雪山飛狐》田青文

人不能改變身世，
但多多少少可以選擇命運，逃離黑暗。

假如原生家庭特別糟糕，身邊的親人特別壞，要果斷的斬斷、逃離，千萬不要和他們扭打在一起。扭打多了，打出「樂趣」，就走不出來了。

做壞人，有時候是有樂趣的。男人做壞人固然有樂趣，女人做壞人也同理。

尤其是一些人原生家庭不好，成長環境很惡劣，甚至是生在壞人堆裡，身邊家人、親戚都行徑不堪，個個都愛使壞，這時候想做好人，就格外的累，而做一個壞人反倒分外的容易和順滑。金庸的《雪山飛狐》裡就有一個這樣的女人——田青文。她就是一個原生家庭環境不好、身邊都是壞人的典型案例。

田青文生在一個極其糟糕的家庭中。這裡所謂的糟糕，倒不是物質上的，她在物質上很豐裕。父親田歸農是武林大佬，家中只此一女，身世嬌貴，追求者眾多。從她的外號「錦毛貂」，就能窺見這個大小姐所受的追捧與榮寵。從某種程度上，她的出身有點像低配版的郭芙。

然而，她的家庭實在很惡劣，貌似什麼都不缺，唯獨缺一樣最要緊的，那便是愛。她家裡只有冷酷、危險、變態，沒有愛和溫暖。

她父親田歸農是一個陰謀家，整天琢磨的就是害人、奪寶，沒有心思教育和陪伴女兒。田青文的母親早亡，家裡僅有一個年輕貌美的繼母。這個繼母是與父親私奔來的，拋夫棄女來到田家，連年幼的親生女兒都能不要了，對待田青文這個繼女肯定也沒有什麼愛和關懷。

所以田青文既無父愛，也無母愛，和郭芙相比，成長環境可謂天壤之別。田家的人不只是冰冷，還特別陰險，整日互相算計和利用。師兄弟之間也是爾虞我詐、詭計百出。不誇張，一到夜深人靜，田家的後院就熱鬧起來，人人都變成蒙面人出來活動，埋寶藏、埋死人，處處人來人往。這就是田青文的生活環境。

今天，在現實生活中，大多數家庭固然都是安穩幸福的，但不幸的家庭仍然存在。不少女生仍然面臨「田青文式」困境，家裡沒有愛，充斥著自私、隔閡、冷漠、算計。

比方說，有的父母短視、暴躁、偏心，摧殘孩子的身心；有的兄弟對姊妹沒有愛，只會無止境的榨取和索求；有的親戚自私，不懂得互愛互助，只會蠅營狗苟的算計，互相攻訐。這種家庭，都會成為一個個「小田青文」的痛苦來源。

在這樣的環境下，當務之急是什麼？沒別的，一個字：逃。又或者說，突圍，尋求自我救贖。

任何一個女性，漸漸長大之後，第一要務就是學會審視自己的環境，判斷自己的處境：這裡有沒有愛？這裡會溫暖我還是摧殘我？倘若答案是否定的，那便要果斷計畫自我救贖。**人不能改變身世，但多多少少可以選擇命運，逃離黑暗**。一個黑窟窿是填不滿的，惡劣的人性也改變不了，倘若不幸生為田青文，只能果斷和泥淖切割。

然而，逃離需要勇氣，也有風險。相比之下，另一種選擇顯得更輕鬆、更容易，甚至更誘人，那就是隨波逐流。

身邊的人都粗鄙，你就跟著粗鄙；身邊的人都短視算計，你就也短視算計；身邊都是壞人，你就選擇做壞人，非但不逃，還選擇主動融入，與他們扭打成一片，變成黑暗的一部分。

田青文就隨波逐流了。周圍的環境壞，她也就跟著壞。

她的私生活很混亂，又不會愛惜自己。明明已經訂了親，有了未婚夫，又和師兄私通，還懷孕了。懷孕就懷孕吧，為防事情外洩，她居然上演人倫慘劇，親手把嬰兒殺了，埋在後院滅跡。

這個原生家庭裡的一切問題，短視、冷漠、殘忍、自私，她照單全收，徹頭徹尾的融入了黑暗。

前文說了，做壞人是有樂趣的，包括做壞女人。試想：生活在這樣一個家庭裡，到底是睚眥必報還是遠離紛爭更有樂趣？搞不好是前者，因為更痛快；到底是生活混亂還是潔身自好更有樂趣？搞不好也是前者，因為更刺激。

甚至於果斷弄死孩子、殺嬰滅跡，也比更人性、人道的方式來得乾淨俐落。想想看，假如把孩子生下來，善待之、哺育之，那得付出多少辛苦、背負多少罵名？沒有孩子，她可以繼續在家裡做錦毛貂，豈不是更有前面提到的樂趣？

罪惡會吞噬人，讓人深陷其中。越是沉溺在這種便利和樂趣裡，就會和這種黑暗黏得越緊、越膠著，也就更無法擺脫、難以救贖，路就越走越窄，無法奔向新生命。

田青文的路就這樣越走越窄，環境越來越逼仄。她就一點一點的被纏住、套牢。平庸愚昧的師兄曹雲奇黏上了她，她無法擺脫；狡黠的師兄弟又掌握了她殺嬰的罪證，她受制於人；自家門派也越來越混亂，成員們互相傾軋（按：軋音同訝，互相毀謗排擠），她的處境更加惡劣。

到最後，她似乎想到要自我救贖了，想要嫁出去、跑掉，然而為時已晚，她的行徑和罪證都被揭發，落得身敗名裂。終於，她青春早夭，在一次追逐寶藏的過程中身亡。

自我救贖，是有期限的。耽誤得太久，和罪惡扭打得多，就會變成罪惡的一部分，就跑不掉了。

第3章

有種愛叫我望著你，你望著遠方

——《神鵰俠侶》郭襄

人生一旦活得夠寬，面前的海岸線夠長，就不容易把自己困死在沙灘上。

你永遠奔馳在輪迴的悲劇中，一路揚著朝聖的長旗。

金庸小說裡有個著名的故事：一個叫無崖子的男人，瘋狂愛上自己雕的一座玉像，恨不得直接把它娶做媳婦。

據說這是西方性心理學中的「雕像戀」，源自希臘神話中雕刻家畢馬龍（Pygmalion）的故事，這位雕刻家是古希臘賽普勒斯的國王，某天雕好一個女像之後，竟愛上了它，不能自拔。

郭襄，在某種意義上就是另一個無崖子；而楊過，就是郭襄愛上的玉像。

至於打造這座玉像的，則是郭襄自己。在風陵渡口，第一次聽人鼓吹楊過的功績時，她舉起了意念的刻刀。幾個時辰之後，當楊過摘下人皮面具，對她露出真容時，她完成了這幅作品。

可想而知，玉像往往都比現實完美。它可以擁有九頭身的黃金比例，連古希臘數學家畢達哥拉斯（Pythagoras）都挑不出毛病。而且，雕像中尤其以斷臂的最為厲害。

而郭襄雕塑出的玉像楊過正是這般：英雄事蹟、男神相貌、厲害武功、傳奇經歷，還斷臂。

楊過本人遠遠不是一個完美的人。童年創傷和底層生活經歷，使他自尊心過強、敏感、多疑，雖然看似叛逆、不在乎世俗眼光，但他其實特別在意別人的評價。

少年的楊過並不是一個好伴侶，而是一個讓人略感窒息和壓抑的人，除了高顏值和一些小浪漫，似乎沒有多少可取之處。按道理說，郭襄不會喜歡這樣的人。你無法想像她廝守著一個敏感、多疑，明顯社經地位和她相差甚遠的人，處處得顧及他的自尊，而且她還做得甘願又快樂。

然而，郭襄眼裡的楊過是一尊雕像，而雕像是沒有成長經歷的。一個人，哪怕磨礪得再完善，相處久了也會發現他的成長痕跡，而雕像則不然。

雕像沒有少年創傷，沒有底層烙印，更沒有一點補過胎、上過漆、矯正過橫梁、更換過零件的痕跡，彷彿一生下來就這麼完美，連出廠的印記都沒有。你很容易就迷戀上它，因為它沒毛病。

這就是為什麼，郭襄對楊過的感情和程英、陸無雙、公孫綠萼等都不一樣。這些姑娘對楊過，多是對異性的單純愛慕；而郭襄對楊過，更多了一種崇拜，那是一種對宏偉雕像的崇拜。

和楊過失聯後，她立刻表現得像一名失去了偶像的信徒，踏遍萬水千山也要找到他。後來，她將徒弟取名為風陵師太，她的劍法叫黑沼靈狐，都和楊過有關。這不僅僅是懷念，還是布道——我的神已經沉寂，我的雕像已經遺失，但我的愛和信仰不熄；作為先知和唯一的信徒，我還要繼續布道。

而且，讓郭襄痴迷的僅僅是雕像般的完美嗎？不完全如此。楊過對於她，還有另一個極其類似雕像的特徵——不管你怎麼痴痴的望著它，它總是望著遠方：

海邊有一位斷了臂的相公，帶了一頭大怪鳥，呆呆的望著海潮，一連數天都是如此。

……

神鵰俠說道：「我的結髮妻子在大海彼岸，不能相見。」

這對郭襄來說，是更致命的誘惑。

她在十六年少女經歷中，從來沒有見過這麼濃烈、這麼狂熱的思念。她見過那種大團圓的模範家庭，也理解「五好家庭」（按：中國於一九五〇年代開展的家庭文化活動，五好分別為尊老愛幼、男女平等、夫妻和睦、勤儉持家、鄰里團結）式的愛。她的父母——郭靖和黃蓉的愛情和婚姻很完滿，他們的愛讓所到之處都閃爍著聖光。但是無論郭靖還是黃蓉，從來不用望著遠方。

她的姊姊和姊夫——郭芙和耶律齊，擁有另一種和諧的婚姻，男方完全包容刁蠻膚淺的女方。他們更不用望著遠方。

在郭襄的經歷中，兩口子再好，還能好過自己的父母嗎？不就是舉案齊眉嗎？不就是夫唱婦隨嗎？十六年來，**她從來不知道有一種愛，叫做「大海彼岸，不能相見」**。

直到楊過如雕像般轟然出現，他用遠眺大海的恆定姿態，向郭襄介紹了愛情的多樣性：原來，在憨厚族長郭靖的暖男式愛情之外，還有霸道總裁楊過的絕望、期盼、苦澀、痴狂。

她就像一個伊甸園裡的孩子，突然見到了火；吃甜點長大的孩子，忽然嚐到了辛辣。她義無反顧投身進去，就像後來在斷腸崖上那樣，「雙足一蹬，跟著也躍入了深谷」。

從此，郭襄望著楊過，楊過望著遠方，這個姿勢再也沒有變過，一直到他們各自生命的最後。

一個人痴狂的思念結髮妻子，為什麼反而打動了少女之心，在《神鵰俠侶》全書裡，只有黃蓉隱約想到這個道理：

> 楊過這廝……越是跟襄兒說不忘舊情，襄兒越會覺得他是個深情可敬之人，對他更為傾心。

在現實中，很多中年流氓泡妞，動不動就說自己家庭不好、夫妻不和、沒共同語言、靈魂感到孤獨等。然後，他們會低頭痛苦抽噎，彷彿人生因缺愛而無比灰暗，其實暗暗蓄勁（按：太極拳招式步驟之一，以身為弓弦，手腳如箭，拉開弓弦，蓄勢待發），等單純的姑娘稍露同情之色，就一把握住對方的雙手：「妳才是我的大救星……。」

老用這種招數，其實沒什麼意思。不如學學楊過，用那被酒色燻黃的眸子，痴狂的望向遠方：「我的結髮妻子在大海彼岸，不能相見。」

這是險招，對方也許一聽就默默退卻，但她也可能就這麼陷入和郭襄一樣的困局之中：你越望著遠方，我越望著你。誰知道呢？

楊過當然沒有如此險惡的心機。他沒有讓郭襄找到他，有可能是為了逃避。

余光中有一首寫給哈雷彗星的詩，叫《歡呼哈雷》，詩中有這麼兩句：

你永遠奔馳在輪迴的悲劇
一路揚著朝聖的長旗

但楊過不知道，逃避不能緩解郭襄的痛苦。這個世界上，有無數種辦法可以逃避情人的苦戀，但是沒有一種神可以逃避虔誠的信徒。

越是深情，越要活出寬度

如果你是一個用情很深的人，比如郭襄，人生就需要更多出口；要能找到更多意義，才有回旋的餘地，就不會把自己困死在沙灘上。

郭襄是一個深情之人。什麼叫深情之人？就是對感情總容易投入很多的人。每個人對待感情的態度和習慣不一樣，有的人經歷感情的時候容易陷得深，就好比越大的船，陷在水底的深度越深一樣。與之相反，有的人可能就陷得淺。

李敖作詞的歌曲〈只愛一點點〉中唱道：「不愛那麼多，只愛一點點，別人的愛情像海深，我的愛情淺」。抱持這種態度的就是淺情之人，或者說是薄情之人。要注意，這裡所說的薄情是中性詞，不帶貶義，並不是批判，只是說每個人對待感情的習慣不一樣，有人「吃」感情吃得深，有人就吃得淺。

金庸小說裡有很多淺情之人，男性像歐陽鋒、楊康等，女性則比如郭芙、阿珂等。

你看，歐陽鋒有一個情人，便是他的嫂子。他對嫂子談不上有多深的感情，更看重的是武功和功業，對感情上的追求不是很強烈。楊康也是一個淺情之人，他的確有點喜歡穆念慈，但這在他的人生中並非特別重要，對他而言，追求身家事業、顯赫發達重要得多。

郭芙也有這種淺情的特徵。她認為自己愛楊過，也愛耶律齊，甚至對大武、小武兄弟也都動過心，她每一次的戀愛體驗都不算深。《鹿鼎記》裡的阿珂更是如此，她並不愛韋小寶。當初，她討厭韋小寶、願意跟著鄭克塽，是考量到現實因素，後來離開鄭克塽、跟了韋小寶，也是出自現實考量。

淺情之人動感情，類似於游泳，一般來說都可以比較自如的划水，可以換氣，可以抽身上岸，一個小小的泳池困不住他們。而深情之人的感情則不一樣，他們動情不像游泳，而像跳水，動輒就是從十米高臺跳下去，容易徹徹底底把自己交代出去，陷進感情裡之後也不太容易抽身。

金庸筆下的女性，像殷素素、阿紫、郭襄、梅芳姑都是這樣的人。

深情之人還有個問題，就是感情一旦失敗，往往人生就隨之潰敗，生命容易喪失重量。金庸筆下有一個女性叫梅芳姑，她喜歡一個叫石清的人，可是石清不喜歡她，和別人結婚生子了。梅芳姑從此十幾年過得渾渾噩噩，還把石清的孩子搶過來作為報復。但問題是，自己拿這個孩子也不知怎麼辦才好，只能糊里糊塗的養下來，不明不白的當了媽，每天沉浸在怨恨之中，毀掉自己的人生。

另一個女人李莫愁也是，初戀情人沒有選擇她，她就陷入痛苦和怨恨之中，人生後半場過得非常差。這些人都是在感情中陷得太深，還沒來得及換氣，轉眼間水就淹過頭頂，稍不留神就溺斃了。她們的人生，從第一場痛哭之後就完蛋了。

然而，在這許許多多位深情之人裡，郭襄不一樣。她是不是個深情之人？是的。郭襄是一個天生靈敏而細膩的人，對於楊過簡直不是十米高臺跳水，而是百米懸崖跳水，一片深情。然而，和李莫愁、梅芳姑等人不一樣的是，郭襄的人生並沒有潰敗，甚至變得更加精彩。

有這樣一句話，「風陵渡口初相遇，一見楊過誤終身」，意思是說就因為見了楊過，一輩子就這麼栽了進去。但我認為這句話要具體分析，什麼叫誤終身？倘若只是說耽誤了終身大事，沒得戀愛結婚，那這句話沒錯；但如果說郭襄的人生被毀了，生命的重量和意義被毀了，我覺得這並不成立。

你看郭襄滿世界遍尋不見楊過，惆悵不惆悵？當然惆悵，讀者對此也充滿同情。但問題是，你同時看她瀟灑不瀟灑？我覺得很瀟灑。她一個人，騎著青驢，帶著短劍，踏遍千山萬水，去了山西的風陵渡，去了陝西的終南山，去了河南的少林寺，還去了隱祕的絕情谷、萬花坳，興之所至，就是身之所至，你能說這樣的人生不精彩嗎？

不但這樣，郭襄還認識了不少有趣、好玩的朋友，結交了各種奇人異士。去少林寺的途中，她邂逅了何足道，這個人被稱為「崑崙三聖」，有彈琴、擊劍、下棋三樣絕技，是個非常有趣的人。她還碰到了少年時期的張君寶、少林寺的無色禪師等，這些也是新鮮有趣的人。

郭襄還和他們一起經歷了許多好玩，甚至驚心動魄的事情。比方說，跟何足道談琴論劍，和張君寶一起大鬧少林寺，還聽覺遠大師傳授《九陽真經》。這些經歷，放在任何一個人身上都是不可多得的奇遇，是足以回味一生的經驗。你說，郭襄這些經歷精不精彩？她完全沒有犧牲自己生命的重量。

郭襄後來的人生又怎麼樣了？她出家了，開宗立派，在四十歲的時候創建了峨嵋派，成為一代宗師。峨嵋派短短幾十年就蜚聲江湖，跟少林、武當等並列。她還親自創制了許多門武功，這些武功都享譽江湖、流傳後世。對於一個習武之人來說，這已經可以說是很頂級的成就了。

一味的拿一個「情」字去憐憫郭襄，事實上是小看她了。她的一輩子簡直活出了不少人十輩子的精彩。

為什麼會這樣呢？何以同樣是深情之人，別人高臺跳水就溺斃了，比如李莫愁、阿紫等，而郭襄懸崖跳水卻能跳出精彩來？這就是開頭說的，郭襄的生命有寬度。

一般來說，越是深情之人，就越容易受到感情反噬，受傷之後的回血能力就越差。相對的，越是這種人，人生就越需要更多出口，找到更多意義，這樣才有回旋的餘地——**人生一旦活得夠寬，面前的海岸線夠長，就不容易把自己困死在沙灘上。**

郭襄就是這樣。在她的人生裡，家人、朋友、事業、奇遇、體驗，共同構成了人生的寬度。就譬如一位大將軍，十面出擊，「情」這一路上固然是碰壁了，固然是潰不成軍、丟盔棄甲，但其餘九路條照樣可以開疆拓土。

相比之下，李莫愁就不行了，除了感情，她的生命裡別的東西一概沒有，活得很窄，遇到一次戀愛不成功，就受重傷，又無法回血，最後就只有自怨自艾、喋喋不休，等於別人扔了一個繩圈過來，就把自己套死了。

雖然我的主要工作是解讀金庸的小說，但我還有另一項工作，就是幫孩子講解唐詩。你會發現，這些道理放到詩人的身上也是一樣，**越是深情之人就越要活出寬度**。

比如杜甫和孟郊，這兩個唐代大詩人同樣是深情之人，兩人的遭際也很類似，同樣的貧窮、考試不第、生活潦倒，而且也都經歷了喪子之痛。兩人的痛苦相當，可是你總會覺得杜甫活得更「寬」，生命的內容更大，寫的詩內容也大，而孟郊的精神狀態就差很多，寫的詩也迫窄許多。

又比如蘇軾和宋之問，一個宋代詞人，一個唐代詩人，兩個人都官場失意、被貶謫流放，可是他們的差距更大了，蘇軾活得遠遠比宋之問「寬」，生命更精彩，氣場更強大。

宋之問被貶謫之後，寫詩只剩一個題材，就是自憐自傷，而蘇軾還可以寫千山萬水、氣象萬千，還透出一分寫意、瀟灑、曠達。這就是所謂的人生要有寬度。

由此來看，如果一個人活得很窄，沒有足夠的寬度，那麼與其深情，還不如薄情，別太敏感，就像李敖所寫的「不愛那麼多，只愛一點點」。否則，多半要淪為一個自憐自傷、喋喋不休的人，凡事都想不開，出去相親，對方瞪他一眼，他就想不開氣死了。

第4章

多數的黃蓉、郭靖都不會相遇，只會擦身而過

——《射鵰英雄傳》黃蓉

兩人婚姻幸福的關鍵不在於郭靖，而在於黃蓉，黃蓉的情商和能力，決定了這樁婚姻的上限。

更真實的版本可能是：郭靖和黃蓉，順理成章的在張家口沒能遇見，擦身而過、漸行漸遠。然後，郭靖還是娶了華箏，黃蓉還是嫁給了歐陽克。

人慢慢長大了，對人生情感的看法就會變。

可能所有看過一點點《射鵰英雄傳》的人都知道一個故事：郭靖從蒙古南下，在張家口遇見扮成乞丐的黃蓉，一頓大吃大喝後，兩顆心從此貼在了一起。

小時候讀到這個故事，認為順理成章、理所當然。年輕，就願意相信奇遇，相信巧合，相信天意良善，總會讓同樣美好的人相遇。郭靖當然會遇到黃蓉，黃蓉也當然會遇到郭靖。他們都那麼好、那麼純真，這樣的人肯定會等到彼此，這是必然的。

可是慢慢長大，離合聚散看得多了，再翻到張家口那一段故事，才忽然明白：這兩個年輕人真是太幸運！憑什麼郭靖就一定遇到黃蓉呢？反過來也一樣，憑什麼黃蓉就一定遇到郭靖呢？

單純是容易的，合適也是容易的，難的是什麼？是能夠遇見。人煙湊集的張家口，不知道有多少郭靖、黃蓉錯過了彼此。黃蓉打扮成小叫化子（按：指乞丐），不偏不倚恰好一頭撞進了郭靖的小店，驚喜的發現這就是自己要找的人，這根本不是人生的常態，只是人生的意外。最常見的人生是什麼？是郭靖終於回到蒙古，娶了華箏，而黃蓉在家長的主持下，最後嫁了歐陽克。這才是大多數人的人生。

試想那一年，郭靖牽著紅馬，暫別了草原，迤邐南下。黃蓉也離開了東海，蹦蹦跳跳，一路北上。

南下的少年極其單純，像草原一樣質樸、粗獷。北上的少女機靈敏銳，同時又好奇心濃厚、懵懂天真。

彼時彼刻，他們都是那個凶險、油膩的江湖上最稀罕的存在。在那個江湖上，歐陽克、沙通天、彭連虎乃至完顏康等人才是多數，不管中年還是少年，早就被狡黠的世界汙染了。上哪裡去找郭靖、黃蓉這樣十幾年都只待在原生的草原、海島，對人性還抱有美好幻想和堅持的人呢？

自從踏入江湖的第一步，郭靖和黃蓉對於喜歡什麼樣的人就很堅定。

郭靖明確知道自己不喜歡華箏，哪怕娶了她便可以做金刀駙馬，他也毫不動搖。而相比之下，早熟的同齡人楊康早已懂得了婚姻的價值，絕不能「娶這種江湖上低三下四的女子」，要「擇一門顯貴的親事」。楊康還經常哀嘆可惜自家是宗室，也姓完顏，娶不了公主，做不成駙馬爺。

相較之下，一個多麼簡單幼稚，一個多麼老練成熟！

黃蓉也有自己明確的堅持。她是「所歷厭機巧」（按：出自杜甫的《贈李白》，指

「所經的那些機智靈巧之事，最使人討厭」），從小到大身邊的心機鬼太多，她就明確的討厭矯飾、沾沾自喜的人，而是喜歡質樸厚重者。在遇到滑頭的楊康、歐陽克，甚至下一輩的小滑頭楊過時，黃蓉的第一反應都是不喜歡。

按照我們的理解，一棵樹只要堅持，終究會遇到另一棵樹；一個單純的人只要堅持，終究會覓到另一個單純的人。

但事實上，更大的可能性是，自從踏入江湖的第一步起，眼前的現實就會不斷的侵蝕你、摧殘你、遊說你。

你想堅持等待另一棵樹，卻只看見無盡的茫茫原野。無數次給自己打氣，無數次給自己信心，多數結局只是徒然無果，現實的力量卻如同斧鋸。

於是，更真實的版本上演了：郭靖和黃蓉，順理成章的在張家口沒能遇見，擦身而過，漸行漸遠。

郭靖也像小說裡對待黃蓉一樣，慷慨的請別人吃了幾次飯，也送了金子、紅馬，卻被認為是人傻錢多、移動提款機。黃蓉也嘗試投身幾段感情，終究索然無味，甚至碰得滿身是傷。

他們最初的單純和一廂情願都被慢慢洗去，郭靖學會了提防，黃蓉學會了將就。終於，兩人都熬到了等待的極限，到了旅程的折返點，身心俱疲，不想再走下去了。於是，拜把兄弟拖雷對郭靖說：「娶我妹子吧，安答！」黃藥師也對黃蓉說：「別再亂跑了，爹給妳安排了親事。」

你猜他倆會怎麼樣？大概就是慢慢放棄，麻木的點頭。

於是，兩場婚禮同時上演。一邊草原上號角齊鳴，賀客不住的圍著郭靖和華箏稱讚：「男兒雄健、女兒英武，好一對大漠上的鵰兒！」

那邊海島上絲竹悅耳，嘉賓紛紛頷首：「東邪西毒締結兒女姻親，美談！美談！」在旁邊，則是鐵木真、拖雷、哲別、黃藥師、歐陽鋒欣慰又滿意的笑容，彷彿這場婚禮是為他們辦的。

此後綿長的歲月裡，郭靖、黃蓉各自過著自己的生活。偶爾，當風吹草低的時候，郭靖心中會劃過一絲悵惘。現實並沒有什麼不好，他悵惘什麼呢？他自己也不知道。

黃蓉也會不時的憒懣，在海邊獨坐，為歐陽克的風流無行而煩惱，但轉念又會告訴自己，男人嘛，都是這樣，看開一點就好啦。

再沒有了什麼《射鵰英雄傳》，而是像你我絕大多數人一樣，終究會活成另一本小說——中國作家路遙的《人生》。

幸運的是，金庸仁慈溫厚，相信奇遇，不忍心讓兩人各自孤寂凋零。他用金手指撥弄了命運的指針，造就了萬中選一的故事，使他們相遇。

於是，乞丐黃蓉準時準點來到張家口，穿越了熙熙攘攘的人群，不偏不倚一頭撞進了郭靖的酒店。兩個最合適的人相互看見了，一棵堅持的樹找到了另一棵樹，這是奇遇。而剩下的更多人，則是一邊欣賞、感動的抹著淚，同時還要鼓足勇氣去面對自己的人生。**沒有奇遇的生活，也要振作精神、好好去過。**

大氣的人，都做情緒的減法

家庭生活中，小氣的人和大氣的人，氣質不好的人和氣質好的人，主要差異在哪裡？答案就是：一個總是愛做情緒的加法，另一個總能做情緒的減法。

黃蓉嫁人生子之後，很多讀者都感到反感、開始討厭她，覺得她自私、計較，對小楊過不好。

然而，黃蓉對小楊過是不是真的不好？到底有多不好？很少人去實事求是的分析。我要說，黃蓉對楊過固然有不當之處，但並不是統統不好。相反的，在一些事情的處理上，黃蓉做得反而很到位，甚至還可圈可點，體現了一個大家閨秀的基本水準，不但不該黑掉，反而應該被當作正面教材。一般人也許還比不上她。

讓我們回到一切的起點：楊過對於黃蓉來說是什麼人？是郭靖的結拜兄弟楊康的兒子，換句話說，就是丈夫的乾侄兒。這孩子從小流落江湖，淪為乞丐，後來被郭靖接到桃花島來生活。

然而，這孩子剛來到桃花島上沒幾天，就幹了一件事：打了郭芙。因為鬥蟋蟀，雙方起了爭執，郭芙踩死楊過的蟋蟀，楊過便搧了郭芙一巴掌：

楊過又驚又怒……反手一掌，重重打了她個耳光。

打得很重，下手挺狠，郭芙被打得「半邊臉頰紅腫」，確實不輕。

你如果是站在讀者和觀眾的角度，多半會向著楊過，覺得郭芙那麼任性，小公主脾氣，該被打，打得好。

但要注意，這是你的視角，不是一個母親的視角。倘若站在當媽的黃蓉的角度，反應多半會是：「是你先動的手，就為了一場鬥蟋蟀，一個小孩子的破遊戲，你就打人？沒錯，我女兒是踩了你的蟋蟀，她不對，那你就可以打人？一隻蟋蟀的事，至於打人嗎？」

也許這才是一名母親的基本邏輯。黃蓉假如真的這麼想，也只能說是人之常情。

再來，她可能還會想到：你本來流落江湖、當小叫化子，褲子都沒得穿，我接你到島上，管你吃喝，讓你有和我女兒一樣的牛奶、果汁、麥片……就算我女兒踩了你的蟋蟀，但畢竟只是個幾歲的孩子，你看在我的面上也不能打人吧！你這個小子有沒有良心？

在這種情緒下，換作是別人的母親，多半得把楊過找來，黑著臉罵一頓。假如再凶一點，甚至會把郭靖也連帶罵一頓：你看你撿來的這個好侄子！

但事實上黃蓉並沒有這麼做。她的實際反應很值得我們探討。

楊過鬧事之後，害怕被責罰，不敢回家，找了個山洞過夜。郭靖很焦慮，遍尋楊過不著，很是煩惱。

此時，黃蓉有沒有指著郭靖說「瞧瞧你這個好侄子」之類的話？並沒有，而是做了很平淡的一個舉動：

知道勸他（郭靖）不聽，也不吃飯，陪他默默而坐。

這個「陪」、這個「默默而坐」，是不是已經是最好的應對了？此時此刻，在這個一團亂麻、所有人都很焦躁的夜晚，有沒有感覺到黃蓉是這個家庭的情緒穩定器？

她本來有理由和郭靖一樣煩惱焦急。接下來的劇本原本可能是：男主人暴跳如雷，女主人喋喋不休，女兒捂著臉哭，大家全都歇斯底里。但黃蓉沒有。

她改變了這個劇本，選擇默默陪坐。此一行為釋放出來的信號是：這件事確實挺煩，我也很煩，但沒關係，讓我們一起等到明天再解決它。黃蓉成了所有人情緒的減壓閥，是全家最安靜理性的人，也是心胸最寬大的人。

第二天夜裡，楊過回家了，黃蓉又做了什麼舉動？

倘若換了一般人，總會需要宣洩一點情緒，難免要數落楊過幾句，但黃蓉仍然沒有。在原著中，她的反應是：

> 回到屋中，黃蓉預備飯菜給郭靖和楊過吃了，大家對過去之事絕口不提。

郭靖能絕口不提好理解，相比之下，黃蓉的絕口不提更難做到，體現了一種氣質，不多廢話，不多囉唆聒噪，過去就過去了，還準備了飯菜給郭靖和楊過吃，與郭芙毆鬥的事不提了。

平時可以多注意，在一個團體裡，**小氣的人和大氣的人，氣質不好的人和氣質好的人，**主要差異在哪裡？答案就是：**一個總是愛做情緒的加法，另一個總是愛做情緒的減法。**

在這件事上，自始至終，黃蓉都在做情緒的減法。對有情緒的郭靖，黃蓉做減法，陪他默默而坐；對有情緒的楊過，黃蓉做減法，端上飯菜，舊事再也不提。

這就是智慧，對於陷入家庭矛盾和負面情緒的成員，要給予「情感」上的支持，而不是「情緒」上的支持，在情緒上反而要降溫。楊過這個小子也許就等著你唸他、等著找證據證明你們歧視他、迫害他，可是黃蓉偏不提，讓他情緒降溫。

翻遍原著，關於這次小朋友打架事件，自始至終，乃至到後來，開口批評楊過的都是郭靖，不是黃蓉。黃蓉的心胸一直都很寬大。

後來有一次，楊過被郭靖打了一個耳光，賭氣跳了海，下水救人的卻是黃蓉。郭靖打楊過，不會傷感情；如果是黃蓉打，感覺就不一樣了。

再後來，楊過在桃花島實在待不下去了，被送走。必須說清楚，楊過待不下去也不是因為黃蓉，而是因為柯鎮惡。柯老公公和楊過鬧僵了，一老一小，有他沒我，誓不兩立。

郭靖是至忠至孝的人，對他來說老師比天大，不可能為了楊過忤逆柯大師父，只能把楊過遣出桃花島，送到外地。

從頭到尾，決定把楊過逐出門戶的是郭靖，決定讓楊過離開桃花島的是郭靖，安排楊過去重陽宮的也是郭靖。黃蓉沒有任何慫恿和挑唆，從頭至尾沒有摻和這件事。

也正是因為她沒有摻和，不曾推波助瀾，更不曾侮辱貶損楊過，後來才和楊過留足了再相見的餘地。

總體來說，黃蓉對待楊過這個老公家的熊侄子（按：調皮、搞破壞的孩子），仍是有其成見、有所提防，但具體在處理楊過和女兒的矛盾上，並沒有小肚雞腸，沒有一味偏袒女兒，也沒有做什麼有失身分的事。一句話概括，心機重了點，但沒有「掉價」，維持了黃藥師女兒應有的風采。

當然了，黃蓉並不是全無過錯。她故意不教楊過學武，只教他讀書，這個舉動很不好，會影響孩子的心理，讓孩子自卑，覺得受到差別待遇。

然而，話說回來，黃蓉教楊過讀書存的並不是壞心。書上寫了她內心的想法，是「好好讀書，於人於己，都有好處」，她是為了楊過好。而且她確實有在認真教，不是應付了事。原著中說，她從《論語》一直教到《孟子》，照她平常的急性子，早就不耐煩了，此時卻一直耐著心，和楊過天天「之乎者也」。

楊過有沒有學到東西呢？真的有。後來楊過還時常回想，幸虧郭伯母當年教自己讀書，才勉強學了些文化，甚至還起了感恩的心。所以，黃蓉的確並非在刻意使壞。

縱觀整個桃花島上的雞毛蒜皮，從黃蓉的處理上，能得到一些啟示。

第一，心胸要寬。小朋友打架可以批評，可以教育，但不要摻和進去拉偏架（按：雙方發生衝突時，偏袒一方），甚至遷怒家人，對郭靖說「你怎麼把這個小王八蛋帶到島上來」，這就庸俗了。

第二，留有餘地。倘若對人不喜歡、有意見，也得留他人一點餘地，不要歇斯底里、意氣用事撕破臉。

第三，行所當行。黃蓉的角色是伯母，不是伯伯，既然如此，打楊過耳光這種事，沒有充分理由便不要去做。郭靖打了楊過耳光，逼得楊過跳海，黃蓉下海救人，這就叫行所當行。如果反過來，那就是另一種效果了。

第四，守住底線。黃蓉對楊過的底線是什麼？是撫養他、教育他，不遺棄他、不淩虐他，尊重和成全郭靖的故人之義。

以上，黃蓉做到了嗎？我覺得做到了。

正是因為有這四點做底子，楊過和黃蓉雖然一度關係不好，但最後還可以冰釋前嫌。楊過長大了之後，慢慢回想過去的事，覺得郭伯母對自己也沒有那麼不好，自然而然也就懂了，關係便逐漸恢復、變得融洽。

另外還有一件讓黃蓉被大幅批評的事，就是她曾勸小龍女別和楊過在一起。

大家都責怪她在一份純潔的愛情中扮演了絆腳石的角色，給這對相愛的戀人製造麻煩。然而，事實上這也未必完全符合實情。

楊過和小龍女的戀愛，黃蓉確實有干涉，可她真的是一個純粹的惡人嗎？是棒打鴛鴦、不近人情的角色嗎？如果仔細看書，你會發現這並非事實。

對兩人的戀情，黃蓉在某種程度上是同情的。事實上，她可以說是整個江湖上最先試著去理解兩人戀情的長輩。書上說：

想起自己年幼之時，父親不肯許婚郭靖……直經過重重波折，才得與郭靖結成鴛侶。眼前楊過與小龍女真心相愛，何以自己卻來出力阻擋？

在整個江湖上沒有一個人同情楊過和小龍女的時候，是黃蓉先動了惻隱之心。其次，黃蓉一直努力轉圜，讓大家私下解決這件事，防止有人情緒過於激動，做出衝動的事。

這其中最衝動的是誰？郭靖。郭靖正義感爆棚，眼裡揉不下沙子（按：比喻無法容忍），居然當眾要打殺楊過。是誰在旁阻止、勸告呢？是黃蓉。她多次勸告、暗示郭靖不要行為過激，避免當眾鬧得下不了臺。

此外，郭芙等幾人辱罵楊過和小龍女，也是黃蓉阻止的。這些都不是一名惡人的表現，我們要還黃蓉一個公道。一味指責她棒打鴛鴦，不公平。

那麼，為什麼大家還是覺得黃蓉在這件事上處理不當，不夠體面、不夠光彩呢？也是有原因的，因為黃蓉有一個地方失誤了，她選錯了談話對象，去勸的是小龍女，而不是楊過，這不妥。

她當然可以勸，她有權利表達意見，尤其是私底下表達意見，問題出在她不該去勸小龍女。

所謂**勸人，一般有兩個注意事項：要勸較親近的那方，要勸心情激動的那方**。誰激動？楊過。誰比較親？也是楊過。楊過畢竟是侄子，勸楊過，好接受。

私底下對楊過說：「過兒，你這個事伯母我覺得不妥，你聽聽我意見。」這沒問題。或者對楊過說：「小子，別因為一時頭腦發熱，害了龍姑娘名聲。」這也可以。勸得動、勸不動，都不會造成什麼影響。楊過就算不同意，也不至於留下陰影、造成傷害。

可是大家不了解的是，黃蓉去勸小龍女，兩人過去沒有交流基礎，越勸越疏遠，還會害小龍女留下心理陰影。倘若對小龍女說：「妹子，可別因為妳一時頭腦發熱，害了我過兒的名聲。」這句話相當不中聽。

當然了，黃蓉和楊過畢竟都是豪俠，後來兩人還是盡釋前嫌，恢復了關係。

在修補和楊過的關係上，黃蓉有一點也做得不錯，那便是坦誠，尤其是面對楊過這個聰明人。要注意，不管是生活中還是職場上，對聰明人尤其要坦誠。

黃蓉是怎麼和楊過談心的呢？就是一個詞：坦誠，不迴避問題。她這麼說：

「過兒，你有很多事，我都不明白，若是問你，料你也不肯說。不過這個我也不怪你。我年幼之時，性兒也是極其怪僻，全虧得你郭伯伯處處容讓。」（黃蓉）又道：「我不傳你武功，本意是為你好，哪知反累你吃了許多苦頭。你郭伯伯愛我惜我，這份恩情，我自然要盡力報答，他對你有個極大的心願，望你將來成為一個頂天立地的好男兒。我定當盡力助你學好，以成全他的心願。過兒，你也千萬別讓他灰心，好不好？」

不拐彎抹角，不遮遮掩掩，兩個聰明人之間坦誠相對，造成了好效果。楊過聽了之後居然啜泣，他感受到黃蓉無比真摯。

這種經過了懷疑之後的信任，其實比那種盲目的信任更讓人感動。人和人之間的交往，先涼後熱，慢慢升溫，可能比剛認識就火速升溫更理智，也更持久。

回頭看看黃蓉的婚姻，一直穩定而幸福，這其實也和黃蓉的能力有關。

要注意，他們不是一個小家庭，而是個超級大家庭，牽涉的成員很多，關係也很複雜，這個大家庭的穩定度，基本都要靠黃蓉。

郭靖沒有協調處理複雜關係的能力，家裡人之間但凡鬧事，他連最基本的問題都處理不好。早年間大師父柯鎮惡和黃藥師鬧事，處理不好；選黃蓉和選華箏，處理不好；楊過和柯鎮惡的矛盾，處理不好；兩個徒弟爭郭芙，處理不好。這類事情，郭靖統統做不好。

這個家庭的平順、和睦，離不開黃蓉。他們婚姻幸福的關鍵不在郭靖，而在黃蓉。郭靖的厚道人品，奠定了這樁好婚姻的底線；而黃蓉的情商和能力，反而決定了這樁婚姻的上限。

中年的黃蓉更值得我們琢磨和學習。她年輕時是「小妖女」（按：在《射鵰英雄傳》中，黃蓉露面被郭靖的師父罵稱小妖女），這反倒不好學，人人都做小妖女，這不現實。但是中年之後黃蓉的一些行為舉止，倒是值得借鑑。

找對象和找偶像，是兩回事

一份感情，在婚前沒有泡沫，在婚後就不容易有落差，不會越看對方越嫌棄，因為你看到的就是真實的對方。

為什麼郭靖、黃蓉這兩個人感情好，愛情的保鮮度高？最普遍的說法就是這兩個人互補。看所有感情文章，幾乎一說到黃蓉和郭靖就是互補，一個聰明、一個蠢；一個機靈、一個傻，互補，所以一騙就騙了一輩子。

這當然也沒錯。但我覺得除此之外還有別的原因，平時很少被提及，那就是：他們兩個人相處的姿態很好。

什麼叫姿態好？就是黃蓉和郭靖相識以來只有互相欣賞，沒有互相崇拜。**他們的感情不是從崇拜開始的**。

我們大多都聽過這種說法：兩個人的關係想要融洽，女方得對男方有一點崇拜。甚至一些大姊都會這麼教育小弟：找媳婦呀，得找一個崇拜你的，崇拜你才會對你好，感情才穩定。

我不這麼看。兩個人一開始最多欣賞就可以了，千萬不要崇拜。**欣賞很好，但崇拜可會要命**。

有一些女孩子，她們的感情確實是從崇拜開始，覺得這個男人厲害得不得了。像王語嫣對她表哥就是。

一邊貌似煩惱表哥「事業心」太重，不喜歡他成天謀劃宏圖偉業，不喜歡他「復興大燕、光宗耀祖」那一套說辭，但實際上又非常崇拜表哥，放眼江湖，覺得誰也趕不上我家這位人中龍鳳。哪怕表哥對自己態度含糊、若即若離，她都願意當這位龍鳳的跟屁蟲，一起浪蕩江湖，偶爾給點甜頭就滿足。

對比同樣是美男子的段公子（按：指段譽），明明對自己用情很深，又好看又溫柔，王姑娘偏就看不上他做小伏低的樣子，跟他之間的愛情就像冬天的溫度計，怎麼加熱都沒辦法往上升。

反過來，男人往往也很享受女人的這種崇拜。

有些男人不是找對象，是找優越感。比如金庸寫的一個人物石清，就拒絕了一個極其優秀的女人，原因是怕有壓力：「妳樣樣……比我也強。我和妳在一起，自慚形穢，配不上妳。」

石清的話，可能代表了好一部分男人的心聲。太優秀的伴侶會為他們帶來無形的壓力，相處起來總會有一點說不清、道不明的彆扭，讓他們沒有優越感，而找一個崇拜自己的女人，則讓他們極其愉快。

事實上，崇拜這種東西很危險，**從崇拜開始的愛情不牢靠，因為找對象和找偶像是兩回事。**

首先，崇拜會影響你完整認識一個人的過程，等於加了十道濾鏡，把他的重大缺陷都遮掩住。

明明有暴力傾向，你崇拜他，所以看不見，結婚以後天天挨揍；明明好吃懶做，你崇拜他，所以察覺不了，最後發現嫁了一個巨嬰。

還有一些崇拜，壓根兒就是當初你自己幻想出來的。

例如穆念慈，她心中的楊康根本就是自己心中的幻象，總覺得楊康一定是個大好青年，留在金營是忍辱負重，為了國家民族不得已屈身事敵，找機會報效祖國。

甚至還有一種崇拜，根本就是當初瞎了眼。

《笑傲江湖》裡的岳夫人非常崇拜丈夫，書上有一處描寫：「岳夫人瞧著丈夫的眼光之中，盡是傾慕敬佩之意。」

後來呢？發現岳不群根本就是個奸詐小人，還偷偷自宮練了《葵花寶典》，岳夫人只剩下天天在被窩裡幫他撿鬍子了。

就算不是上面這些所託非人的關係，哪怕對方有多優秀，崇拜這樣的情感也持續不了多久。

人這種事物經不起近處仰望，走得越近越是如此。你十八、十九歲的時候崇拜的人，後來幻滅的有幾個？年輕時覺得非常厲害的人，到後來自己成長了，眼界變得開闊、見識廣了，就會感覺不過爾爾。什麼芫荽，不就是香菜嘛！

尤其是兩人一起過日子，油鹽醬醋、煙熏火燎，除非你的另一半真的文成武德、仁義英明，是世上罕有的奇人，不然哪有不破滅的光環？

李敖娶了大美女胡茵夢，沒幾天就覺得光環破滅了：原來大美女一樣坐在馬桶上便祕。他這麼說的確是狠了點，也是在替自己的薄情找藉口，但也說明了人經不起仰望。胡茵夢尚且如此，何況別人？這世上有幾個胡茵夢？

婚前泡沫太大，婚後就會有落差。當初是因崇拜而結合的，等到後來家長裡短、生活亂七八糟，崇拜不起來了，面對一個中年之後日益軟塌塌的皮囊，怎麼維繫恩愛？

而郭靖、黃蓉恰恰不一樣，他們倆認識的時候，誰也不崇拜誰。

郭靖自然不崇拜黃蓉，反過來黃蓉更不可能崇拜郭靖。她連自己那麼厲害的父親都不崇拜，在這世上還能崇拜誰？這種姑娘不會仰視任何人，更不會過多的倚賴任何人。

他們兩人之間只是單純的欣賞和吸引。郭靖欣賞黃蓉的俏麗、聰穎、旺盛的生命力，黃蓉欣賞郭靖的真誠、質樸、憨厚，還有對自己好。

兩個人在一起不是為了找偶像或求包養，也不是找一張彌補心理缺憾的ＯＫ綳——比如我不會彈鋼琴，就找一個會彈琴的；我沒上過大學，就找一個學歷高的。這些都不是，而是找一個合得來的旅伴。

所以黃蓉看郭靖時，不帶濾鏡，一切都看得清清楚楚、明明白白，她眼中的郭靖，就是實際的郭靖。這和穆念慈眼裡的楊康完全不一樣。

一份感情，在婚前沒有泡沫，在婚後就不容易有落差，不會越看對方越嫌棄。郭靖在黃蓉面前也沒有什麼偶像包袱，哪怕後來當了大俠，也經常對黃蓉說：「如我這般傻瓜，天下再沒有第二個。」你看，他沒有包袱。

沒有不合理的期待，就沒有幻滅和崩塌，反而會逐漸感受到對方的好，黃蓉後來就說過：「靖哥哥，你總說自己不成，普天下男子之中，真沒第二個勝得過你呢！」

講到這裡，還要順帶說一下，郭靖、黃蓉的婚姻順、感情好，還與黃蓉的另一個特點有關，那就是黃蓉能體諒沒有那麼聰明的人。

她雖然聰明絕頂，但在跟資質一般的人相處時，不會給對方壓力，讓對方能夠好好放鬆下來。

生活中，大多數聰明人都容易犯什麼毛病？就是完美主義，很難和不聰明的人相處。

因為自己太聰明，所以不斷要求身邊人的提升自己，讓別人更高、更快、更強；更因為自己太聰明，所以受不了周圍人們的遲鈍，沒有半分跟這些笨蛋溝通的耐心，對人家做的事情都不滿意。

但黃蓉沒有。她的聰明是公認的，但她偏偏能體諒旁人的難處，跟郭靖在一起，不炫耀自己懂得多、會得多，也不嘲笑他笨、反應慢，更沒有期待郭靖會被自己薰陶成天才，提出這種不切實際的要求。

她可以聽郭靖講話，耐心的把自己會的東西教給他。她講各種詩詞、典故時，都是用郭靖聽得懂的用詞，從不掉書袋。

彈琴時，黃蓉一曲彈完，說：「這是辛大人所作的《瑞鶴仙》，是形容雪後梅花的，你說做得好嗎？」

郭靖道：「我一點兒也不懂，歌兒是很好聽的。辛大人是誰啊？」

黃蓉道：「辛大人就是辛棄疾。我爹爹說他是個愛國愛民的好官。北方淪陷在金人手中，岳爺爺他們都給奸臣害了，現下只有辛大人還在力圖恢復失地。」

這等娓娓而談，循循而誘。

試想一下，如果是黃藥師講詩詞給別人聽，別人問他辛大人是誰，他可能搖著頭說「蠢材、蠢材」，揮揮衣袖就不見了。

所以，郭靖在黃蓉面前才能完全放鬆、充滿自信，少年時因為學武太慢帶來的心理陰影之所以能一掃而空，這才是最大的原動力。

聰明人要消除這種智力歧視，很不簡單。看看林朝英，跟王重陽還沒開始談戀愛呢，就開始比武功、比才智，連自己研發的玉女劍法都要處處克制全真劍法。

還有絕情谷裡的裘千尺，比對象高明那麼一點點，就開始在家裡頤指氣使、居高臨下，最後感情都崩盤。

當然，說了這麼多，郭靖和黃蓉的婚姻美滿，關鍵還是在於黃蓉眼光好，郭靖這個人找得不錯，值得託付終身，這絕對是首要條件。不然，黃蓉再怎麼包容、相處方式再怎麼相稱也沒用。

正確的策略，只有用在正確的人身上才能發生作用。說到底，眼睛擦亮一點，選好人、看準人才是關鍵。感情的世界裡，什麼好都不如眼光好。

模範夫妻，婚姻也沒有想像中的美好

郭靖和黃蓉有十年來的婚姻生活，我們其實不太了解。

正如前文所說，郭靖和黃蓉是模範伴侶兼人生勝利組，可說是事業、愛情兩得意的典範。但其實，他們有十年來的婚姻生活，我們其實不太了解。

在《射鵰英雄傳》的結尾，他們在一起了，兩個人當時都是十幾歲，少男少女，就像童話裡說的：王子和公主從此過上了幸福的生活。

等到兩個人在二部曲裡再次出場的時候，都已經三十歲左右，一個是郭大俠，一個是黃幫主，意氣風發，就像史詩裡所說，國王和王后接受著萬眾的瞻仰。

這中間有十來年的時間，故事沒有寫，其間發生了什麼我們也不知道。

這是不為人知的十年、是消失的十年，但是這十年太重要了。他們後來婚姻的成功、人生的圓滿，很大程度上都取決於這十年。

她性子向來刁鑽古怪，不肯有片刻安寧，有了身孕，處處不便，甚是煩惱。

對剛結婚的黃蓉，金庸一筆帶過，沒有再說更多。總之，我們能夠得知的資訊是：當時的黃蓉剛嫁人，懷孕了，很煩躁。

她正式開始上有老、下有小的生活了。這個時候的她，大概覺得自己不再是小公主了，不能穿著白衣衫、頭髮上戴著金環、划著船、唱著歌到處玩，而要抱著郭芙餵奶。金娃娃（按：金色的娃娃魚）大概也不養了，小紅馬也騎得少了。她的心情很不好。她有一個老爸，卻完全靠不住，整天神龍見首不見尾，只會裝帥耍酷，關鍵時刻卻找不到人。

別人都羨慕這樣的老爸：哇，妳爸是黃藥師，帥呆了。可是，有這種老爸的人大概就能體會黃蓉的心情。

生郭芙的時候，黃藥師不在身邊。按道理說，他「醫卜星相，無所不能」，如果能在場守護，哪怕是象徵性的露個面，黃蓉好歹也會安心得多，可是他真的不在。

黃老邪就是這麼任性。到後來，黃蓉生下雙胞胎郭襄姊弟倆，還是在戰場上生的，敵人都在產房外面砸門了，當時的情況可說是兇險無比、命懸一線，老爸照樣不在。

不但老爸靠不住，還有個師父洪七公也靠不住。

要論神龍見首不見尾的境界，洪七公一點都不輸黃藥師。自從放下丐幫的重擔後，這個老人家一消失就長達十年。

這些都可能是黃蓉暴躁的原因。此外，家裡的關係也讓人心煩。

柯大公公這個人，本質是好的，正直、仗義。黃蓉娘的孩子要是有危險，柯大公公大概願意拿命來保護。

可是，講義氣不等於好相處。柯大公公是個老頑固，脾氣暴躁又愛擺架子，再加上還有一些不良嗜好，像是喜歡賭博。

後來，黃蓉就說：你在嘉興的債主，我都給你打發了。說起來輕描淡寫，但將心比心，家裡有一個債主一大把的老賭棍，說起來也讓人一肚子火，不是嗎？

這些倒也算了，柯大公公還特別愛面子，你幫他的忙，還得小心照顧他的自尊心。

黃蓉的脾氣性格本身也帶刺，等同自帶軟蝟甲（按：一件甲冑，是黃藥師送給妻子馮氏的定情之物，後來黃藥師把它交給黃蓉；刀槍不入並可防禦內家拳掌，滿布倒刺鉤，如肉掌擊於其上，必為其所傷），用金庸的話說就是「向來刁鑽古怪」，估計這些年和柯大公公也少不了摩擦。

丐幫還有各種雜事。黃蓉本來就不是事業女強人，屬於有才能、無野心的女人。幾萬個叫化子，事事都讓人頭疼，汙衣派和淨衣派（按：丐幫由汙衣派建立，後來一些武林好漢因仰慕丐幫的俠義行為而加入，卻身著乾淨的衣服，便被稱為淨衣派）還要搞內鬥。挺著一個大肚子，抱著一個奶娃，還要處理臭叫化子的事情，她大概光用想的就覺得煩。後來，隨著時間過去，郭芙一天天長大，黃蓉解脫了嗎？並沒有。書上說「這女孩不到一歲便已頑皮不堪」。

到了五歲那年，小丫頭開始學武藝，桃花島上的蟲鳥走獸都遭了殃，不是羽毛被拔得精光，就是尾巴被剪去了一截，「昔時清清靜靜的隱士養性之所，竟成了雞飛狗走的頑童肆虐之場」。黃蓉還得追著擦屁股。

我們不知道她生活的具體細節，但是一定不會像童話故事中的公主和王子那麼簡單，從此過上了幸福的生活。書上說，黃蓉經常對郭靖發火，「找些小故，不斷跟他吵鬧」。

金庸沒有詳細描寫，但是可以猜想她的心理狀態。孩子帶來的是無窮無盡的「屎尿屁」，婚姻好像並沒有想像中的美好，武功不想練了，事業成了負累，而丈夫兩個字的背後，是柯大公公等複雜的人際關係。

某些傍晚，她也許坐在岸邊，看著大海胡思亂想，一會兒心想自己結婚是為了什麼，一會兒心想說不定歐陽克還更好。

我覺得，郭靖和黃蓉從談戀愛到現在，之前碰到的那些障礙，不管是丘處機逼婚、華箏公主的婚約，或是郭靖和黃藥師的誤會，都沒有這一次考驗人。

那個時候，有愛就可以走下去，有愛就有一切。可是現在，光有愛好像也解決不了問題。桃花島上，不再是俏黃蓉和靖哥哥，而是一個暴躁的年輕媽媽和一個情商不高的新手爸爸。像黃蓉這麼刁鑽的人，一旦任性起來，真的很難搞。

可是，誰叫黃蓉遇到的人是郭靖。

他不會猜別人的心思、口才不好，但是溫和、深情，能夠做好這件事——**好好陪著**。她心情好的時候、不好的時候，天晴下雨、颳風打雷，他都陪著。

> 知道愛妻脾氣，每當她無理取鬧，總是笑笑不理。
> 若是黃蓉惱得狠了，他就溫言慰藉，逗得她開顏為笑方罷。

這些年，她一次次的惱，又一次次的被逗得開顏為笑。黃蓉也是幸運。遇見郭靖時，她十五歲，最叛逆的時候，連那麼厲害的老爸她都敢忤逆了，郭靖卻一路陪了過來。結婚之後，從武林公主變成孤島孕婦，轉為暴走模式，郭靖也陪過來了。不知不覺，他們的婚姻持續了十年，兩個人都到了三十來歲，終於都完成了第二次的成長，越過了山丘。所以，兩個人並肩離島，重新行走江湖。

他們發聲長嘯，約戰李莫愁，「兩人的嘯聲交織在一起，有如一隻大鵬、一隻小鳥並肩齊飛，越飛越高，那小鳥竟然始終不落於大鵬之後」。李莫愁怕了。她聽出來，這兩股嘯聲「呼應相和，剛柔並濟」。

這種默契，不是談戀愛能談出來的，而要靠長期的陪伴和了解，才可以做到。到這時，郭靖終於守到了他人生最好的禮物。他過了最難的關卡，駛往更開闊的水面，此後，再也沒有什麼風浪可以動搖他們的船。

很多年後，在襄陽城頭，郭靖手持長劍督師，鬢邊已經有不少白髮。黃蓉站在背後望著他，「心中充滿了說不盡的愛慕眷戀」。這是郭靖得到的回報。

「人海之中，找到了你，一切變得有情義」，這其實是相對容易的。相比之下，更難的是「逐草四方沙漠蒼茫，哪懼雪霜撲面；射鵰引弓塞外奔馳，笑傲此生無厭倦」。

第5章

選對賽道，誰都能活得精彩

——《神鵰俠侶》郭芙

人啊，認識你自己！

一切夢想的前提，都是先要了解自己。郭芙非要學母親去做女英豪、女幫主，一輩子也不行。但如果去做女主播，多半會非常出色。

郭芙有一句口頭禪：「讓你知道姑奶奶的厲害。」在她的認知裡，自己什麼都厲害，武功、智謀、心機，口才都是如此。事實上，這是嚴重的自我認知偏誤。

有自我認知偏誤的人，看到的永遠不是真實的自己，而是扭曲放大的版本，郭芙就是這樣。

她確實繼承了黃蓉的美貌，但這幾乎是她唯一具備的優良素質。

郭芙有多美呢？有一次她無意對著楊過笑了一下，頓時「猶似一朵玫瑰花兒忽然開放」，明媚嬌豔，連楊過這樣一個風流少年都被猝然驚豔，臉上一紅，轉過頭去不敢看。

然而，郭芙也想當然的覺得自己繼承了母親別的東西，包括心機、智謀、武功、口才等。這就是嚴重的認知偏誤了，她和母親擁有的能力完全不同。

黃蓉真的能幹又優秀，而郭芙在絕大多數領域中都很平庸，武功不高，又乏智謀，母親便多次給過評語：芙兒是個草包。

她也沒有什麼應變能力。作為堂堂郭靖和黃蓉的女兒，她居然晚上一個人就出不了襄陽城。崗哨不放，她就一籌莫展，只會和崗哨吵架，最後只得由無奈的母親來解圍。

她的管理能力也不行。就連兩個追求者大武、小武兄弟都沒有管理好，鬧到兄弟鬩牆、手足相殘，險些出了人命。

除了相貌，她在各個方面都很平庸。

一個人平庸可不可以？當然可以。**每個人都有平庸的權利，沒有誰生來就必須優秀。**即便是名門之女，也不一定非有義務要成為什麼女名人、女富豪、女幫主。

一個人自我感覺良好可以嗎？沒問題。平凡的人也可以自我感覺良好，也應當有自信，也有昂著頭追逐夢想的權利。但這永遠都有一個前提，就是必須先對自己有正確的認識。就像希臘古城德爾菲的神殿上那句名言：「人啊，認識你自己。」

我們常讀到各種心靈雞湯，都鼓勵人去追求夢想，去實現宏偉的志願，言必稱特斯拉（Tesla）執行長伊隆．馬斯克（Elon Musk）、蘋果（Apple）創辦人史帝夫．賈伯斯（Steve Jobs）、Meta 執行長馬克．祖克柏（Mark Zuckerberg）的案例。

追求夢想很好，但問題是：如果一個人根本不具備管理能力，卻自以為能掌管一個大企業，怎麼辦？一個人明明沒有文學天賦，卻自認飽讀詩書、能當作家，怎麼辦？一個人明明五音不全，卻想當歌手呢？你也鼓勵他們去堅持夢想嗎？

郭芙覺得自己管理能力很強，倘若她要去管一間一萬人的大公司，你也鼓勵她去堅持夢想嗎？能把公司拿給她試試嗎？這不叫鼓勵，這叫害人。

那根據郭芙的特點，她應該去做什麼呢？假如在今天，她該去當主播，這個職業就很適合她，而且她還會是很有個性的那種主播。

因為她好看，自然吸引觀眾，還會嗆人，兩、三句就能讓人噎得說不出話來。別笑，這還真是一種本事。這種人放在日常生活中也許人見人嫌、很難相處，但如果把她放到鏡頭前面，說不定會別有一種魅力，也許能吸引到千萬粉絲，甚至很多男粉絲可能不被她凶一凶就難受。倘若換作是別的女孩，比如完顏萍、耶律燕甚至郭襄，都不一定有那麼好的效果。

所以，能力要放到合適的地方。在人的所有能力之中，最基本、最核心的就是認識自己的能力，明白自己的優勢是什麼、善於做什麼、不善於做什麼。了解這些之後，夢想才能談得上是夢想，否則就是狂想。

最後，探討一個問題：郭芙對自己嚴重的認知偏誤，是怎麼來的？其實是被社會人際關係扭曲的。

可以想像，在那個江湖上，幾乎所有人到了郭靖家，見到了郭芙，都免不了要大大誇獎：「郭大俠、黃幫主，你們這個閨女真美麗、真棒、真優秀，真是青出於藍！看這武功架勢，必是天資卓越；看這伶牙俐齒，必是聰穎絕倫；看這脾氣性格，必是大將之才，將來號令江湖，十拿九穩，你們的事業肯定後繼有人。」

親友、下屬、追求者、路人都恭維她，郭芙從小沉浸在這些稱讚之中，天天聽這種話，當然覺得自己各個方面都很優秀。

而且一個人越是膨脹自負，越愛聽假話，別人就越傾向於不去打破這種錯覺，反而選擇附和：是、是、是，對、對、對，你很優秀，你很棒。刻意的恭維加上順嘴的應付，共同助長了她的膨脹，她的幻覺也不斷被放大。

生活中有許多人，便是自我感覺極其優秀，又說不出優秀在哪裡。這種人有男性，也有女性。

他們往往志氣很高，認為自己天生就比別人優越，就該是團隊的核心，應該被特別尊重，因為自己很優秀。

可是，如果問他們到底優秀在哪裡，卻又說不出來。學過兩天琴，讀過幾本暢銷小說，出過幾次國，或者因為工作、家庭關係認識一、兩個名人，都可以讓他們產生優越感。而事實上，這些都是幻覺。

認識自己才是最重要的。每個人都有長處，郭芙也有，就像我說的，她是天生的個性主播。而這一切的前提是認清自己，不要非去當母親那樣的女強人、女英豪、女幫主。

選對了賽道，人人都有機會活得很精彩，包括郭芙。

處處都要拚輸贏、當戰場，人生就沒有了

人生中最無聊的勝利，就是在同學會上的勝利。

說到郭芙，金庸小說裡還有一個精彩的場面，準確的說，是一場同學會。郭芙就是主角之一。

同學會本該親切溫馨，但是在一些不甘寂寞的靈魂的演繹下，往往淪為一群心機鬼的表演現場。

這次同學聚會的成員有四個：楊過、郭芙、大武、小武兄弟（也就是武敦儒、武修文）。聚會的地點是北方的大勝關。

這四位同學小時候都在桃花島長大，跟著郭靖、黃蓉學武功，郭靖和黃蓉相當於班主任和輔導老師。多年之後，轉學的楊過同學回來了，大家久別重聚，非常親密，然後就開始各懷鬼胎的互尬演技了。

先說郭芙。她的角色是班花。

同學會的氣氛好不好，班花的表現很關鍵。一個合格的班花應該要團結同學，而不是分裂同學。班花如果爽朗豁達，同學會的氣氛往往融洽；班花如果心機重，同學會的氣氛

往往就變得尷尬。

作為班花，有些事本來是不該做的，比如不要慫恿男生較勁、鬥富，還有些是應該做的，比如要多一點坦誠，少一點心機。但不幸的是，郭芙偏偏是個超級有心機、心裡戲很多的班花。她每一次親近誰、冷落誰，都有她自己的小劇本。

這次同學會一開始，她就故意對楊過特別曖昧，一會兒拉著楊過說說笑笑，一會兒找楊過「低聲軟語」，矯揉造作。

比方說，早上楊過剛吃完早餐，就見郭芙「在天井中伸手相招」——一大早就故意主動來找他，而且高調的站在天井裡，刻意讓全世界都看見，像是要找楊過上演一場《羅馬假期》（*Roman Holiday*）。

班花郭芙刻意對各個男生過分示好，就容易把問題搞複雜。她做出這些行徑並不是因為偏愛楊過，更不是要和楊過擦出什麼火花。她最主要的目的之一，就是要讓別的男同學吃醋。

對一個新來的成員表現得特別熱絡，可以讓舊人妒忌，自己便能享受、利用這種嫉妒，更好的掌控大局。這就是郭芙的戰略。

她故意和楊過「並肩走出大門」，形成寒酸男和女神的強烈對比。二武兄弟「遙遙跟在後面」，嫉妒如狂，郭芙「早已知道，卻假裝沒瞧見」，只顧著和楊過談天說地、東拉西扯，「咯咯嬌笑」。

並肩走，是走給二武看的；咯咯笑，是笑給二武聽的。類似這樣的時刻，是郭小姐最享受、最自信的時刻，是她人生的顛峰體驗。這不是同學會，而是她的星光大道。

再來看二武兄弟。他們在同學會上自居的角色，是優等生、高富帥。

當年在桃花島小學，兩人以大班長自居，認為楊過是不入流的鼻涕鬼。他們比楊過更討黃蓉老師喜歡，和班花的關係更親近。他們升旗，楊過立正；他們檢查，楊過掃地。

所以，他們在同學會上，都有一股想維持舊秩序的強烈衝動，想證明雖然大家都已經長大，但楊過仍得聽他們的話。他們希望楊過回去擔任當時的角色，繼續做鼻涕鬼，不要破壞秩序。

因此，和楊過一見面，他們就開始炫富，試圖迎頭痛擊楊過。比如嘲笑楊過的癩皮瘦黃馬很醜——比做現在，你可以想成開了二十萬公里、大修了八次的鈴木 Alto——「忍不住哈哈大笑」。

所謂忍不住大笑是假的。倘若是郭靖騎這匹馬來，他們絕對忍得住，絕對不敢笑。之所以忍不住，乃是不必忍、無須忍也。他們放肆的諷刺楊過：「這匹千里寶馬妙得緊啊！」、「這是大食國的無價之寶！」

最後看楊過，他也是個影帝，他的角色是扮豬吃老虎。

我們的同學會上往往也有這種人，專門「後」發制人，楊過就是這樣。他帶著小時候的怨氣到來，「且瞧他們如何待我」，故意把自己搞得很慘，來之前還先化了妝。

將頭髮扯得稀亂，在左眼上重重打了一拳……衣褲再撕得七零八落……一副窮途末路、奄奄欲斃的模樣。

他存心先設下陷阱，讓郭芙和二武兄弟放肆荒唐、丟人現眼。同學們一一炫耀好馬、展現武功，楊過只是靜靜看著，一會兒看郭芙說母親要授自己打狗棒法，一會兒看二武兄弟炫耀要學一陽指了，個個都覺得自己是天選之人。一直等到他們的戲演夠了，楊過才壓軸上演「大逆襲」。

在一場公開比武裡，他展現《玉女心經》、《九陰真經》的武功，秀出打狗棒法，大大打臉二武兄弟。

爾後女友小龍女出場，書上說她「清雅絕俗，秀麗無比」、「似真似幻，實非塵世中人」，等於用美貌和氣質虐爆郭芙，再度碾壓。

到了這裡，這場同學會已經慘不忍睹，被四個心機鬼徹底毀了。本來簡單的世界，都是被這些目的駁雜的人搞壞的。人人心機深重，人人各懷鬼胎，這是一場超級失敗、誰都不快樂的聚會。

其實，就在此一同時，書上還描寫了一段不起眼的小情節，和這一段情節正好形成鮮明的對比。

當時大勝關武林大會正在舉行，郭靖遇到了舊識尹志平。且看兩人相遇的情景：

> 郭靖與尹志平少年時即曾相識，此時重見，俱各歡喜，二人攜手同入。

對比郭芙等少男、少女的同學會，再看郭靖和尹志平的相見，讓人莫名感動。郭、尹兩人也是同學，相互之間的境遇變化也很大。過去是尹志平的武功較高、地位也比較高，現在則是郭靖本領更大、名氣更大，但這絲毫沒有影響他們的友誼。他們開心的「攜手同入」，「俱各歡喜」。

這才是真心的歡喜，像是杜甫的詩《贈衛八處士》中所寫：焉知二十載，重上君子堂（按：沒想到闊別二十年後，能有機會再次登門拜訪）。

和郭靖與尹志平的友誼相比，郭芙、二武、楊過的表現都很差勁，等同把同學會當戰場，自己給自己太大的壓力。我覺得人生中最無聊的勝利，就是在同學會上的勝利。**人生的確有許多戰場，但務必避免把本非如此的地方當成戰場，**搞得硝煙彌漫。**倘若全是戰**

場，人生就沒有了。

人心如彗星，錯過了就永不再交會

當她繞了一個圈子回來，他早已經不在那裡了。鳥從天空中飛過了，怎麼還會在意地下的藩籬。

這本來是一個美好故事的開頭。那一年，郭芙九歲，楊過十三歲。

他去她的小島住，她很高興，「突然多了……年紀相若的小朋友，自是歡喜之極」。剛見面時，他們還有點嫌隙，但沒過多久就好了，「小孩性兒，過了幾日，大家自也忘了」。

桃花島的綠竹林、彈指閣、試劍亭，原來是黃藥師吟嘯之地，如今，都變成了他們捉蟋蟀的遊樂場。

真的有點像李白在《長干行．其一》中所寫：妾髮初覆額，折花門前劇。郎騎竹馬來，遶床弄青梅。

他們相識的年紀，比郭靖和黃蓉更早；他們的青梅竹馬程度，只有令狐沖和小師妹可以比擬。

更何況，他們不但兩小無猜，還有父母之命。她的父親——大俠郭靖，一心一意想撮合他們。

相比之下，令狐沖就遠遠沒有這麼幸運，從來沒有得到小師妹父親這般真心眷愛。一切似乎都是天作之合，然而誰都想不到，他們的關係崩壞得如此之快。小說才到第三回，電視劇才到第一集，他們的緣分就走到了盡頭。

她指揮人打他：「用力打，打他！」

他則對她滿腔怨恨：「妳這丫頭如此狠惡，我日後必報此仇。」

天造地設，卻勢同水火；青梅竹馬，卻宛如仇人。

你可以說是因為個性——冷峭孤傲的少年，註定不會喜歡刁蠻殘暴的公主。但真的是這樣嗎？為什麼《天龍八部》中，游坦之瘋狂迷戀阿紫？

游坦之不也是像楊過一般的孤傲少年？身背父仇，淪為乞丐；阿紫不也是像郭芙一樣的驕傲公主？刁蠻專橫，殘暴更甚。

游坦之怎麼偏偏愛上她？

你也可以說是因為年紀——兩人相遇太早，感情的種子還來不及發芽，錯過了孕育的良機。

那令狐沖為什麼會苦戀一起長大的小師妹？《連城訣》裡的狄雲怎麼會喜歡他的青梅竹馬戚芳？

後來，他和她分開了。一分離就是多年，等重新見面時，兩人從頭到腳，已幾乎處處是極端的冰火對立。

她的標誌顏色是奪目的紅，「紅馬上騎著個紅衣少女，連人帶馬，宛如一塊大火炭般撲將過來」。

他心中的神聖之色卻是無瑕的白：「那少女（小龍女）披著一襲輕紗般的白衣，猶似身在煙中霧裡，全身雪白，面容秀美絕俗。」

偶爾也有那麼一瞬間，他也為她的美貌傾倒過。

楊過見她這麼一笑，猶似一朵玫瑰花兒忽然開放，明媚嬌豔，心中不覺一動，臉上微微一紅，將頭轉了開去。

也有這麼一瞬間，她幾乎已經默認了要嫁給他的事實。當時，郭靖剃頭挑子一頭熱（按：指一廂情願），大剌剌的向楊過提親，而郭芙「早已羞得滿臉通紅，將臉蛋兒藏在母親懷裡」。

但這些瞬間太少、太短暫。更多的時候，他們互相鄙視、互相嫌惡。

他有那麼多強敵，金輪法王（按：第三版稱金輪國師）、公孫止、瀟湘子，但偏偏是她，給了他人生中最大的傷害。

她有那麼多追求者，大武、小武、耶律齊，但他的那雙白眼，卻總是刺傷她的自尊。

哪怕隔了十六年，他們消息不通、再沒見面，但在風陵渡口，一聽到人說起他，她就渾身不自在，如芒在背，忍不住要發脾氣。

有人說他的鵰好，她就恚（恚音同惠）怒：哪有我家的雙鵰好？有人說他的武功好，她也恚怒：哪有我爸的武功好？

那個夜晚，妹妹郭襄愛上了楊過，但姊姊的心事卻無聲隱沒在風雪中，少有人留意。

後來，他回來了，並策劃了一次完美的復仇。

小時候，他曾在桃花島上發誓「我日後必報此仇」。他做到了。

那一天，她本來應該是絕對的主角——她的丈夫耶律齊，要在天下英雄面前爭奪丐幫幫主，登上人生的顛峰。

她對此很重視、很用心，「這幾日盡在盤算丈夫是否能奪得丐幫幫主之位」。

而她的妹妹本該是絕對的配角，只能在家裡擺「英雄小宴」。

然而他來了，精心策劃，喧賓奪主，把一份隆重的賀禮、一場絢麗的煙花，獻給妹妹當生日禮物。在那個夢幻般的夜晚，主題從「大姊夫加冕」變成了「二姑娘慶生」。

原著用四個字描述了她當時的內心——切骨仇恨。

除此之外，在那一晚，還有一個許多讀者都忽略的細節，或許同樣讓她刺痛：丐幫那些叫化子，居然集體忘記了她剛剛合法打贏擂臺的丈夫，而居然想讓楊過當幫主。

楊過的推辭，很機敏、很大度：「耶律大爺文武雙全，英明仁義……由他出任貴幫幫主，定能繼承洪、黃、魯三位幫主的大業。」但對她而言，不管他是不是推辭、如何推辭，都已經刺傷了她：你丈夫奮力博取的，是他早已超越的；你孜孜以求的，是人家早已不在意的。

在故事的最後，他和她的關係出現了轉機。在千軍萬馬的戰場上，他拚死拚活救了她的丈夫。

驕傲的她終於悔悟，過去的仇一筆勾消，向他下拜，說出了讓人動容的十個字：

楊大哥，我一生對你不住。

她還徹底剖白了自我，勇敢面對自己的內心。

她認為自己一直愛著楊過，認為自己要得最熱切的東西，就是他，自己一直對他「眷念關注，暗暗想著他，念著他」。

她覺得自己二十多年來之所以一直嫌棄他，乃是恨他的冷漠，恨他從不把自己放在眼裡。這番剖白很感人，但我對此存疑。

她真的愛他嗎？在桃花島上，叫大小武猛打他的時候，我看是不愛的。她真的像自己所認為的一樣「眷念關注」他嗎？至少兩人年輕時分別後，她不太想起他；兩人重逢時，面對落魄、寒磣的他，她大概也愛不起來。

的確，她曾經喜歡找他說話，但那是因為他新鮮刺激，不同於那些唯唯諾諾的備胎；她不曾抗拒父親提親，但那是因為楊過已經顯露了本事、出了風頭；她當然記恨妹妹，但那是因為自己失了面子。

不要輕易用愛這個字。

因為愛很抽象、很不可捉摸，所以很多複雜的情緒，都打著名為愛的擦邊球，祭出愛的大旗。

如果這都是愛，我們可以輕易考證出范遙愛滅絕師太，張無忌愛黃衫女，甚至楊過的真愛是黃蓉。

故事的真面目，我覺得很簡單。

她是找出「因愛生恨」四個字，作為自己強烈挫敗感的擋箭牌。

因為她最鄙視的，結果成了最優秀的；她的那些跟班，最後成了不成器的；她認為自己高於同輩眾女，但婚姻、事業最終都沒有證實她的想法。

所以潛意識之中，她在幫自己找理由：我不是沒有識人之明，而是一直喜歡他。

當然，也許後來她真的開始喜歡他了。

因為她也在成熟懂事、學會欣賞。很有可能她慢慢發現，這種人才是男人，這種心動感才夠刺激，這種旗鼓相當的感覺才可能產生愛情。

但是，當她繞了一個圈子回來，他早已經不在那裡了。

她和他已經是霄壤之別、判若雲泥。她連傷害他、激怒他的資格都沒有，更遑論獲得他的愛——鳥從天空飛過，哪會在意地上的藩籬？

「下次你路過，人間已無我」，這是余光中寫給哈雷彗星的詩句。

人心如彗星，緣分也如彗星，是不會等你成長的。錯過了，也許永不再交會。

孩子不是家庭的中心

假如真的愛孩子，不希望他變成一個巨嬰，那麼應該讓他明白一個道理：家裡總有一些事情，比你的個人感受更重要；總有一些事情，你不能決定，只能理解。

有一個有趣的小問題：郭靖、黃蓉共有三個孩子。他們在生了大女兒郭芙之後，又生了郭襄和郭破虜。郭芙脾氣這麼醜惡，怎麼從沒有反對爸媽生二胎？

今天，老大嫉妒弟弟妹妹的案例已屢見不鮮，有些孩子死都不肯讓父母生第二胎，甚至尋死覓活、手段激烈。「生第二胎需不需要徵求老大的意見」已經成為綜藝節目的熱門辯論話題。

黃蓉再度懷孕的時候，郭芙已經長大。當她聽說自己即將迎來弟弟或妹妹時，這個出了名的屁孩，反應居然十分積極正向，既沒有尋死覓活，也沒有腹誹心謗，更沒有拉著柯大公公幫自己講話，反倒展露出「大喜」的情緒。她心想：

原來媽媽有了孩子，我多個弟弟，那可有多好。

這就奇怪了。郭芙不是既小氣、自私又任性嗎？為什麼在這件事上如此大度？

可能是金庸留有餘地。儘管他把郭芙寫得很討人厭，但仍一直為她守住底線，不願讓郭芙事事惹人嫌。

再者，可能是金庸也壓根兒沒想到社會心態的變化。他料不到今天會有一批孩子，這麼早就懂得捍衛自己身為獨生子女的利益。

金庸生活在舊式大家庭，耳濡目染的是當時的家庭傳統和禮樂教化。父母要生幾個，完全不關孩子的事。金庸兄弟姊妹六人，他自己排行第二。生他的時候，想必一定不用徵求哥哥查良鏗的意見；而生弟弟查良浩的時候，也不用徵求老二查良鏞（按：金庸本名）的意見。

在金庸的心目中，生不生郭襄，大概純粹是郭靖、黃蓉的事，和郭芙無關。當然，除了以上種種原因，郭芙之大度、不爭，我覺得還有一個最重要的原因，就是她從未誤以為自己是家庭的中心。

這是她的家庭與今天許許多多家庭的最大差異。不妨來觀察一下郭芙的這個小家庭。在這個家庭裡，最首要、最堅強且有力的，是父親郭靖和母親黃蓉的關係。

郭芙的確被黃蓉溺愛，也被郭靖寵著。但她從來不會覺得對母親而言，自己比父親重要，或者對父親而言，自己比母親重要。

郭芙眼裡的家庭關係是：母親愛我，但也愛我爸；父親愛我，但也愛我媽；我不是天下第一，不是宇宙中心，只是家裡的一個成員。

父母之間的愛，是小屁孩的清醒劑，**可以讓孩子學會分寸**。

這就是為什麼郭芙雖然魯莽，但從來沒有越俎代庖，胡亂攪和家裡的任何大事，例如不讓家裡召開英雄大會、保衛襄陽、收留楊過，或是死都不讓爸媽生第二胎。

反之，很多崩壞、失衡的家庭，往往都是爸爸可以不要媽媽、只認孩子，或者媽媽不認爸爸、只認孩子，而孩子則覺得誰都沒有自己重要。

這讓人想起《聖經》（*Bible*）。《聖經》中提到，家庭中最重要的是哪段關係？是夫妻關係，不是親子關係。這種說法，可能不是所有人都能理解，但我不得不說，它是有一定道理的，是一種智慧。

還有這種論點：孩子也是家庭的一員，是否要第二胎，需要事先徵求孩子的意見。倘若老大反對，就不能生。

這種觀點還常常被披上溫情的外衣，顯得更動人——生第二胎是一家人的事，必須由我們一家人共同做決定。

問題是，這樣一來，麻煩可就大了。

郭芙該上幼兒園了，要不要她自己決定？上小學，要不要她自己批准？這也是大事啊，而且是切身大事。

假若她不肯上怎麼辦，這種可能性很大，難道就不上了，從此放羊？

另外，倘若黃藥師要來住幾天呢？柯鎮惡大公公要來住幾天呢？要不要郭芙批准？萬一柯大公公是長住呢？收留故人之子楊過來桃花島，要不要郭芙批准？

大家不是一家人嗎？這是一家人的大事，需要郭芙共同決定，否則，她覺得被冒犯怎麼辦？

還有，父母打算開英雄大會、丐幫大會，要請英雄好漢來同聚，日後還打算去襄陽抗敵報國，需不需要郭芙批准？

此外，老大也是孩子，而孩子都很善變，一天一個主意。

她今天同意父母要第二胎，母親懷上了，改天她忽然又不同意了，怎麼辦？「襄兒，對不起啊，妳姊姊改主意了，只能把妳墮了。因為她看了動畫電影《灰姑娘》，覺得姊妹好可怕，還是不要有妹妹好。」

但也許過了兩天她又改變心意了，覺得還是有個妹妹好。那母親又怎麼辦？再懷嗎？「靖哥哥，咱們再來生吧，芙兒她又改主意了，她看了一集動畫片《葫蘆兄弟》（按：中國動畫片，主角為七個兄弟），覺得還是有兄弟姊妹好……。」

所以，你想尊重孩子，尊重過了頭，連生孩子都得他點頭。可是，他有足夠的智力和理性去做如此重大的決定嗎？他能為這個決定承擔後果嗎？

讓沒有足夠智力和理性的人去做重大決定，等於對雙方都嚴重不負責任。就好比你當市長，在路上隨便找位阿姨，問：「這個城市到底應該發展金融，還是發展高端製造業？妳來決定。」這是對所有人不負責任，包括這位阿姨。

所以答案就是，不需要郭芙批准。

孩子是家庭成員沒錯，孩子的感受很重要沒錯，但是決定權歸誰？你必須夠清楚。生育權是父母的，不是老大的。假如真的愛孩子，不希望他長大後變成巨嬰，把自己當成宇宙的中心，那就應該讓他明白一個道理：總有一些事情，比你的個人感受更重要；總有一些事情，你不能決定，只能理解。

倘若你一時不能理解，爸媽可以有耐心的幫助你理解。但是歸根結柢，不管你懂不懂，都要理解。

像是柯大公公要來住、楊過要來桃花島，或是父母要生郭襄，這些事都不由得你決定，你只能理解。

這才是給孩子真正的成長禮物。

沒有證明自己的壓力，才給人高級感

世上所有商品永遠只分為兩類——服務自己的和證明自己的。你買來服務自己，你就比它高；你買來證明自己，你就比它低。

郭襄並沒有很多零用錢，但是卻愛花錢。

這種越窮越想揮霍的花錢方式本來是不好的，也容易讓人觀感不佳。但不知道為什麼，郭襄花錢的場面總讓人覺得很愉悅、很高級。用金庸的話來說，就是花錢花得「天真瀟灑」：

（郭襄）叫道：「店小二，再打十斤酒，切二十斤牛肉，我姊姊請眾位伯伯叔叔喝酒，驅驅寒氣。」店小二連聲答應，吆喝著吩咐下去。眾人笑逐顏開，齊聲道謝。

而相比之下，出自同一個家庭的姊姊郭芙花錢時，暴發戶的味道就很濃厚，不像妹妹那樣自帶高級感。

所謂的高級感，有點玄妙。有錢不一定有高級感。有的人明明花了很多錢，甚至是花了冤枉錢，卻總給人不太體面的觀感。

原因何在？何以有的人花錢也買不到高級感呢？其實金庸小說裡都有答案。

第一，在於他們往往都帶著一種壓力，這種壓力叫做「證明自己的壓力」。有的人時時刻刻活在這種壓力下，舉手投足間都透露著這種氣息，花錢的時候也帶著這種壓力，所以他從氣場開始就不對了。郭襄花錢為什麼讓人感覺瀟灑？因為她不需要用錢證明自己，超越了這種壓力，高級感自然就顯露出來。

舉一個對比的例子——喬峰和鳩摩智。

兩個人明明都是大高手，在原著裡武功也差不多，但為什麼鳩摩智給人的感覺，就是層次低一級？這種詭異的氣場是從哪裡來的？

關鍵就在於鳩摩智無法擺脫證明自己的壓力，他無時無刻不活在這種壓力下。

他東奔西走、到處串門子，挨家挨戶證明自己會少林七十二絕技。而且他還動輒進行現場演示，到天龍寺演示，到少林寺演示。

為什麼？怕別人不信，怕不能證明自己吧！一個絕世高手，還必須不斷證明自己是絕世高手，他的氣場當然比較不高級。

喬峰有這種壓力嗎？沒有。喬峰不需要到處證明自己真的會降龍十八掌、真的會擒龍功，管你愛信不信。他早就超越了這種壓力，所以高級感就來了。

這和花錢的道理是一樣的。時刻必須證明自己有點錢且過得不錯，這種氣息很微妙，但又很明顯，像煤氣味一樣，人人都察覺得到。比如今天有的環境、有的行業，就到處彌漫這種味道，似乎人人身上都帶著這種壓力。

世上所有商品，永遠只分為兩類——服務自己和證明自己的。你買來服務自己，你就比它高；你買來證明自己，你就比它低。所以喬峰就比降龍十八掌高，鳩摩智則比少林七十二絕技低。如果一個人老是得靠花大錢吃飯、買精品、住酒店來證明自己，那他怎樣都高級不起來。

以上是第一點。再總結第二點，叫做經常性的暴露自己的價碼。這也是無法建立高級感的原因。

什麼意思？如果你用兩千元的酒店來證明自己，那便暴露了你的層次就是兩千元；你用三千元的酒店來標榜自己，則洩漏了你的層次就是三千元。

反之，不管你住什麼樣的酒店，只要安之若素，那別人就窺探不了你，你也保留了自己的深度。

一樣商品，只要不用來證明自己，它就不帶價碼。你用一個五萬元的包包，吃一次九百九十元的下午茶，不用來代表自己有錢，那這個包包、這次下午茶就不帶價碼。喬峰打最簡單的太祖長拳也好，用最華麗的擒龍功也好，都不是用來證明自己，所以我們無法從中窺見喬峰的深度。但是，一旦你用它來證明自己有錢，它就立刻有了價格，一秒鐘就暴露了你的價碼。

「我寧願坐在BMW上哭。」這句名言的真正問題出在哪裡？並不是因為這句話太物質、太現實，它的真正問題是暴露了自己的價格——原來這個人沒有BMW，而且坐BMW的機會也不多，那麼，可以輕易擁有BMW的人就會看輕你。

任何好的商品都有價格，再貴的東西，這世上都有人可以輕易擁有。所以，不要把自己的尊嚴和這些東西捆綁起來，一旦捆綁，等於為自己標了價，也就必定有人覺得你廉價。一個踩著滑板車的人是無價的，因為你不知道他的價碼是多少。你知道張家口的小乞丐黃蓉什麼身價嗎？你知道無量山光著屁股買飯吃的段譽身價多少嗎？

除了以上兩點，還有第三點，也是金庸告訴我們的，如何花錢才有高級感？關鍵在於同時能讓旁人覺得舒適。

前文說了，郭襄也花錢，也揮霍。她在風陵渡口的酒店拔金釵換銀子，請所有人吃飯，打十斤酒，切二十斤牛肉，又打十斤酒，切二十斤羊肉，所有人都高興，所有人都舒適。因為她花這個錢不衝著別人。

除了故意逗自己的姊姊，郭襄此舉不是針對在場任何人，因此大家都舒服，「笑逐顏開，齊聲道謝」。她花錢給人的感覺就是，這個女孩子生來富貴，她越有錢，旁人越高興，高級感應運而生。

如果換了別人、換個場景，同樣也是請客買單，對方可能就覺得不舒服。比如朋友聚會，其中一人突然說：「呵呵，這個地方比較貴哦，你們可能不常來，我常來。」

那就可能害別人感到不舒服。為什麼？因為他的實際目的是貶損別人、抬高自己，和郭襄的用意正好相反。

所以，搞不好錢花了，你也不覺得他有什麼高級感。他越有錢你可能越不痛快，恨不得把朋友裡最有錢的叫過來打臉他。

事實上，面對這種人最好的辦法就是完全放鬆，充分的使自己舒適：對、對，我不常來，你請吧，我還沒吃飽，還想點菜。

第6章

最殘忍的欺騙，是騙自己

——《射鵰英雄傳》穆念慈

他們兩個便在一種不見面互相思念、見了面又互相傷害的循環裡打轉，兩個人都不能做真實的自己。

感情裡最有傷害性的「騙」，就是騙自己。穆念慈就在拚命騙自己。

看到標題你可能以為寫錯了，楊康才是騙子，穆念慈怎麼會是騙子呢？其實沒寫錯，穆念慈是騙子，她騙自己，而且是明目張膽的騙。相比之下，楊康真實得多，而穆念慈則一直對自己說謊。

比如，她對楊康說：

我一直當你是個智勇雙全的好男兒，當你假意在金國做小王爺，只不過等待機會，要給大宋出一口氣……。

這就是假話，在騙自己。她真的當楊康是智勇雙全的好男兒嗎？真的相信楊康在金國潛伏嗎？

穆念慈一直知道楊康是什麼樣的人。我懷疑她最初就已經認清楊康了。當初比武招親，她跟義父楊鐵心被騙到王府，幾次下來，她就該明白楊康是個什麼樣的人，已經知道這人善於巧言令色，對自己沒有太多感情，更不是什麼英雄好漢。

她不是不懂得觀察，也不是溫室裡的小姑娘。她自幼跟著楊鐵心在江湖上流浪，楊鐵心死後，她更是孤身一人闖蕩，什麼人沒見過，楊康那點昭然若揭的小心思，她會看不出來嗎？當初比武招親時楊康可沒掩飾，當眾表示自己不過是玩玩，難道穆念慈會認不清這個男人？

奈何自己喜歡他，柔情萬千，一心想嫁。她喜歡楊康什麼？根本和人品無關。她恰恰是喜歡楊康那股紈褲子弟的貴氣、痞氣、邪氣，當然了，還有相貌英俊。一開始，她就不是被他的人品吸引。要說人品，郭靖人品好，穆念慈怎麼會看不上郭靖？

那為什麼穆念慈還要口口聲聲的說，她相信楊康是個好人，找出種種牽強附會的理由要證明他品行優良呢？因為過不了自己的道德這關。

她自幼被楊鐵心收養，每天耳濡目染的是忠孝節烈、民族大義。楊康這樣出身敵國的小白臉，本該在擇偶範圍之外。奈何愛情這件事不由人，她不由自主的被楊康的華而不實所吸引。小王爺高貴俊雅、談吐動人、又壞又痞，遠超過她身邊其他男子，讓穆念慈深陷情網、不能自拔。

再回頭看看身旁的草莽普男，已經完全看不入眼了，要她去找郭靖這樣的男人，她肯定不甘心。這時已經沒有回頭路，就像玩過精緻手遊的人，不會想再回去玩踩地雷一樣。

於是，便遇到了兩難。跟著他，道德這關難過；不跟著他，情關難過。穆念慈沒出路啊，便只能自己騙自己，也騙楊康：你不肯認生父，其中必有深意；你甘願當大金國欽使，乃是想要身居有為之地，幹一番轟轟烈烈的大事，為大宋揚眉吐氣；我一直當你是個好男兒，這是別無選擇。

大義之下，穆念慈可沒辦法宣稱：不管他是好人還是壞人，是忠臣還是奸臣，我都跟定他了，愛情歸愛情，政治歸政治。那是不可能的。她生得太早，沒讀過張愛玲的書。所以，他們的相處方式也十分彆扭。兩人的日常就像這樣：楊康為大金國千里奔波做壞事，穆念慈則千里相隨窺情郎。一旦見了面，穆念慈就立刻假裝自己不是為了看男人而來，而是跑來勸他改過自新的。楊康一嬉皮笑臉想親熱，穆念慈就板起面孔、追問道：「你姓什麼？」、「你是金人還是宋人？」、「你什麼時候殺了完顏洪烈？」

楊康如果說錯話，像是「我是王爺、妳是王妃」等，穆念慈就「霍地站起」，滿臉震驚的怒斥楊康：你，你，你怎麼是這種人！彷彿自己從來不知道一樣。

這不由得讓人想起另一個女人，也會這樣霍地站起，那就是趙敏。

在大都的小酒店裡，張無忌對她說自己要「驅逐韃子」，趙敏也是霍地站起，說道：「怎麼？你竟說這種犯上作亂的言語，那不是公然反叛嗎？」

這兩個霍地站起，都是少女在假裝震驚，都是明知故問。其實言下之意是：你何必非要說穿呢？為什麼不能假裝這件事不存在？你楊康為什麼非要提什麼大金？你張無忌為什麼非要提驅逐韃子？

趙敏好歹還比穆念慈超脫一點，反賊就反賊吧！但穆念慈做不到。她不停為楊康文過飾非，也為自己的感情文過飾非。一個人倘若要捍衛自己沒來由的愛，可會不惜代價，什麼歪理都找得出，什麼事實都可以無視，什麼邏輯都可以踐踏。無奈啊，為了愛情！

因此，她用力粉刷楊康這個泥胎，塗滿金粉，弄成偶像，躲在小廟裡拜，拜得灰頭土臉。她金粉刷得越多，離真實的楊康就越來越遠，以至於每次和楊康實際接觸時，都被鬧得大大傷心一場：原來這傢伙真的是個無恥之徒，泥胎木偶。

不過，穆念慈痛苦，楊康又何嘗好過？他本來可以毫無負擔的認賊作父，開開心心當他的小王爺，娶個宗室女子做王妃，沒事去調戲一下良家婦女。結果有個痴心女子跟著，一片真情，讓人踟躕。而當你被她打動的時候，她又跟你談忠義、談價值觀，說你認賊作父、數典忘祖。

他們兩個便在一種不見面互相思念、見了面又互相傷害的循環裡打轉，兩個人都不能做真實的自己。最後楊康死了，也等於是自暴自棄的扔下穆念慈的劇本：累！我不演了！

總而言之，比武招親之前，最好先聊聊彼此的價值觀，聊得來再打。**價值觀不同，不要強融。**

所以說，郭靖、黃蓉為什麼處得好？兩人在張家口先聊過了。

第7章

什麼都懂，偏偏不懂怎麼談戀愛

——《神鵰俠侶》林朝英

你也很體面，我也很體面，但是我們的愛情，
只收穫了一個永遠寂靜的對話框。

一個越優秀、越全能的人，萬一碰到某個自己不會的領域，就更是寧死也不肯碰，包括談戀愛。

王重陽和林朝英，是一對神仙眷屬。

和這一對相比，江湖上其他幾對神仙眷屬，統統差了點意思。

袁士霄和關明梅顯得比較遜；無崖子和李秋水顯得比較「淫」；楊過和小龍女離經叛道，顯得不如林、王兩人「正」；郭靖和黃蓉則顯得比較世俗，仙氣不夠。

黃藥師和馮蘅這對本來滿討人喜歡，但是金庸改了書，安排黃老邪去意淫梅超風，真的是讓人無言的發展。至於歐陽鋒和他老婆，就不用提了⋯⋯。

綜上，王重陽和林朝英簡直是天造地設、組織贊成、群眾擁護的一對模範夫妻。然而，結果大家都知道，兩人沒有在一起。

於是，問題就來了：為什麼？

對這個問題，金庸自己給出了兩種解釋。

第一種解釋最深入人心，說這兩個人勝負欲太重，互相不服氣，互鬥了一輩子：

二人武功既高，自負益甚，每當情苗漸茁，談論武學時的爭競便隨伴而生，始終互不相下。

意思是說，這兩人都是頂尖的奧林匹克運動員，只知道「更高、更快、更強」，不懂「友誼第一，比賽第二」，所以處不來。

這個解釋，似是而非。

江湖上互相競爭的夫妻多的是。比如胡青牛和王難姑，一個醫仙、一個毒仙，慘烈互鬥幾十年，他們的競爭之心，比林、王有過之而無不及，但不影響他們做夫妻。

此外，王重陽真的是對林朝英一點都不相讓嗎？翻翻原著，其實未必。他和林朝英打架，從頭到尾都在讓：「知她原是一番美意，自是一路忍讓」、「先師不出重手，始終難分勝敗」、「決意不論比什麼都輸給她便是」。

第二種解釋，是說兩個人礙於禮教，不能在一起。在原著中，楊過說道：「當年重陽先師和我古墓派祖師婆婆原該好好結為夫妻，不知為了什麼勞什子（按：惹人討厭的東西）古怪禮教，弄得各自遺恨而終。」

楊過這種說法，沒有證據，多半出於私心。明明是他自己要搞師徒戀，卻投射到古人身上，在重陽祖師的故事中找合法性。

再進一步研究，我逐漸發現，王重陽和林朝英的關係不像朋友，倒像網友——平時話挺多，也互相寫了好多封信，「英妹、英妹」的亂叫，但一見面就尷尬，找不到共同話題，只好講武功。

這兩人的互動方式，也很類似網友——今天我發文、你留言，明天你發文、我留言，看似熱火朝天，關係卻沒有實質進展。

比方說，在原著中，王重陽絮絮叨叨的向林朝英分享自己抗金的戰況，等於是發文表示：「老天，今天金兵好猛。」林朝英則回覆一句：「喆哥讚。」；下一次林朝英跑到古墓叫陣，也等於是發了文：「哈哈，我武功天下第一。」王重陽則在底下回一句：「嘿嘿，我不信。」

他們無止境的爭勝負、拚輸贏，都僅限於表面。我不認為兩人真的這麼在乎勝負。誰高誰下，雙方心裡都明白，書上說，王重陽「自料武功稍高她一籌」，林朝英也知道他「並非存心和我相鬥」。

可是不鬥又怎麼辦？畢竟除了戀愛關係，「纏鬥」好歹也算是一種親密關係啊！

王重陽和林朝英的真正問題，在於不會談戀愛。

戀愛和輕功、暗器一樣，也是一門技術。張翠山不會談戀愛，但是幸虧殷素素會，所以做成了夫妻；而王重陽、林朝英兩人都不會，作為一派宗師，又沒有父母之命、媒妁之言牽線，於是問題就大了。

他們都是文武全才，王重陽甚至連工程建築都懂，古墓的圖紙都是他畫的；林朝英也一樣，你看玉女劍法裡，她會的東西真是太多了：小園藝菊、撫琴按簫、松下對弈、錦筆生花……這樣的兩個人，怎麼肯暴露自己不會談戀愛呢？

一個人越優秀、越全能，碰到某個自己不會的領域，就更是寧死也不肯碰。

他們互相寫了那麼多封親熱的信，「沒一句涉及兒女私情」。他們都努力裝作「只要我願意，隨時可以談私情」，就像兩隻強壯的旱鴨子，在泳池邊淡定的比劃、熱身，聊天氣、聊美食，卻誰也不肯下水。

他們上演了一幕幕類似「工具人幫女神修電腦」的拙劣對手戲。林朝英說「我覺得你的房子真好」，王重陽馬上說「好呀，妳住進來，我搬出去」；王重陽說「我發現有一種床對妳的身體很好」，林朝英說「好呀，你做一張給我」，結果王重陽辛辛苦苦的做出一張寒玉牌單人床。

他們不鹹不淡的互相回覆對方的貼文，揮霍著歲月年華，還以為這就算是談戀愛。

最後，林朝英孤獨的老了、死了。

王重陽跑到古墓，熟視故人遺容，「痛哭了一場」。

然後呢？為她作上一篇《女兒誄》（按：指《紅樓夢》中賈寶玉寫給丫鬟晴雯的詩詞兼祭文《芙蓉女兒誄》）？或者像段正淳一樣殉情？那是你們想多了。

他的做法是——支支吾吾的把一篇武功刻在人家的牆上，還留了一行字：

玉女心經，技壓全真（按：新修版本為「欲勝全真」），重陽一生，不弱於人。

有人說：瞧，你還說他們兩人不是在爭勝！都人鬼殊途了，他還想著比武呢！

然而，你再仔細想想，那是爭勝嗎？那只不過是王重陽又重複了一遍自己唯一會做的事：又更新了一則貼文——「妹子，還是我武功高嘛」，然後得意揚揚的標註了林朝英。

他都這麼老了，但談戀愛的技術仍然停留在小男孩階段：不知道怎麼接近心儀的小姑娘，於是挑釁她、拉她辮子，換來她的憤怒回應，然後沾沾自喜。

不同的是，這一次，林朝英再也不會回覆，也不會按讚了。他們朋友圈裡的更新，永遠停留在了這一年的這一天。

你也很體面，我也很體面，但是我們的愛情，只收穫了一個永遠寂靜的對話框。

第8章

不公平，才是生命的常態

——《神鵰俠侶》李莫愁

愛情，從來不是一個關於公平的遊戲，
而是一個關於勇敢和幸運的遊戲。

如果你覺得世界很公平，那你是幸運的，因為很多時候，不盡公平才是世界的常態。

李莫愁的一生，都被一種情緒吞噬了——她覺得不公平。

在金庸小說裡，外號赤練仙子的李莫愁是一名特殊的美人。聽其外號，就知道此人的性格：狠毒如赤練蛇，但又美如仙子。

李莫愁是極美的：

她話聲輕柔婉轉，神態嬌媚，君之明眸皓齒，膚色白膩，實是個出色的美人……。

（三十歲）卻仍是肌膚嬌嫩，宛如昔日好女。她手中拂塵輕輕揮動，神態甚是悠閒，美目流盼，桃腮帶暈……。

就連黃蓉跟她狹路相逢時都感嘆道：「原來她是如此的一個美貌女子。」

然而她卻濫殺無辜，自己也成了武林公敵。結局也很慘：身中情花之毒，葬身在火窟之中，好端端的人生就此葬送。而她之所以如此偏激極端，歸根結柢是因為陷入了情緒黑洞之中，認為世界待她不公。

李莫愁所受的第一大刺激，就是認為自己在情場上遭遇了不公。她年輕時和陸展元相戀，種下了情苗，後來陸展元娶了別人，她便覺得不公平，發誓要報復。後來她憤世嫉俗、不斷遷怒他人，也是由此而來。

她的情敵姓何，名字裡有一個「沅」字，她便發誓提到這兩個字的人都要殺。何老拳師一家二十餘口男女老幼便都被殺了，只因不幸姓何。她還在沅江之上連毀六十三家貨棧船行，只因為對方招牌上帶了沅字。

除了情場，李莫愁所受的另一大刺激就是覺得老師不公。她在古墓派學藝，總覺得師父偏心師妹小龍女，私藏武功不授，為此窮年累月的懷恨，不斷找師妹的麻煩。所以，她總是跑回師門去挖墳掘墓、罵罵咧咧（按：說話中夾雜罵人的話）。

「我遭受了不公待遇」的不甘、屈辱、憤怒，吞噬了她所有的理智和人性。

在此，且不去深究李莫愁戀愛故事中的孰是孰非，也不去辨析她的師父到底有沒有偏心，只說一件或許更重要的事：如何面對人生中的不公？

有一句話是這麼說的：**如果你覺得世界很公平，那說明你是幸運的。因為許多時候，不盡公平、委屈坎坷乃是人生的常態。**

誓言可能會遭背棄，友誼可能會變冷淡；你愛一個人，不可能必然得到對等的回報；你拜師學藝，也不代表必然得到和同門完全相同的對待。明白不公是常態，不公平將和人生如影隨行，才能與之相處，並且平視之、超越之，進到更廣闊的人生遊戲。

這段話的宗旨，絕不是讓人甘心受委屈、當出氣包、忍氣吞聲，而是說必須認清世界的真面目，那就是沒有時時、處處、事事的公平。

我們可以問自己這個問題：讀金庸讓少年時的你學會了什麼？

中國編劇史航的回答讓人印象深刻：「人一輩子，總有許多遭遇，讓你覺得孤苦無助，怎麼偏偏就我遇到了，別人沒有？我怎麼這麼倒楣？就如法國哲學家盧梭（Jean-Jacques Rousseau）曾說，青春期的苦痛，就在於你苦的時候不知道別人也在苦著。而恰恰是金庸讓少年的我明白，這些孤苦、糾結、不公並不是我所獨有的，還有許許多多的人也在遭受著這種孤苦，並且他們都能堅強的活下去、走出來。」

人一生的奮鬥，目的之一便是追求公平。倘若公平如此輕而易舉，那還奮鬥什麼？而且，人生的許多遊戲，其本質都不是關於公平的，而是關於勇敢、幸運、毅力。比如愛情，它便不是一個關乎公平的遊戲，而是關乎勇敢和幸運。

張無忌娶周芷若的時候，便對趙敏不公平；而趙敏反過來華堂奪夫，說「非要勉強」之時，則又對周芷若不公平。如果一概以公平論之，那大家乾脆都練《葵花寶典》，不要談戀愛了。你唯有明白了這個遊戲無關公平，才能更順利的參與其中，體驗和享受愛情。

有一些不公，是可以維護自己權益、為自己發聲的，然而另一些則永遠不能。李莫愁倘若去買蘋果，買到爛的，自然可以為自己宣張正義，要求退錢。然而，男人不愛她，而且已經死了多年，這種不公如何宣張？不可能。

所以，她只有一個選擇，那就是遷怒。須知遷怒是世上最大的色厲內荏（按：荏音同忍，外表嚴厲而內心怯懦），也是世上最大的自我折磨，越遷怒便越覺得自己無能，無能又產生新的憤怒，永無休止。李莫愁便在這種永無休止的遷怒中自我吞噬。

許多時候，命運對待你我並沒有如此不公，只是你對別人所受的痛苦不屑一顧而已。好比李莫愁，眼裡只有自己的痛苦，沒有別人十倍、百倍的痛苦。

李莫愁出場時，隨手就害死了一個女子武三娘。她倘若真的了解武三娘的故事，就會知道武三娘所受之不公，比她沉重多了！

武三娘的丈夫愛上了養女，還為此瘋瘋癲癲，到處尋釁惹事，對武三娘何等不公？

武三娘不得不獨立把兩個孩子帶大，還養得健康可愛，丈夫無絲毫付出，是否不公？

丈夫神智迷糊，到江湖上流竄，武三娘還得帶著兩個孩子一路尋夫，風塵僕僕，是否不公？

最後她丈夫中了李莫愁的毒針，武三娘居然犧牲自己，替丈夫吮毒而死，是否不公？

世上真正的不公，都是發不出聲音的，就如武三娘這樣。倘若你遇到的不公平可以如李莫愁般大吵大嚷的說出來，說明命運對你還沒有壞到極處，還早著呢！

矯情到對武三娘下毒手，還高喊命運不公，算什麼！

第9章

最好的「與世無爭」，是沒人能和你爭

——《神鵰俠侶》小龍女

畏懼且習慣迴避矛盾，是許多都市人也有的心理現象。

說得好聽一點是與世無爭，想怎樣就怎樣，

但在根本上，是不願意面對矛盾。

遇到事，退一步可以，別退一百步。最了不起的「與世無爭」，其實是沒有人可以和你爭。

第一次讀《神鵰俠侶》的時候，絕情谷辦婚禮，看到公孫止的新娘子居然是小龍女，我當時受的刺激比楊過還要大。

好好一個女主角，突然就琵琶別抱了，還是自願的，沒有強迫，沒有欺騙，我完全不理解，但是大受震撼。

小龍女嫁公孫止的理由是什麼？無非是打算主動退一步。黃蓉勸她別嫁楊過，說師徒之戀不容於世，楊過將來會被人看不起。所以她就主動退場；不但退場，還要遠走高飛，讓楊過無法找到；不但拒絕被找到，還要火速嫁人；不但嫁人，還要嫁到深山裡去，嫁一個自己素不相識、不了解、不認可、不喜歡的人。這樣才叫退。

好比兩個人談戀愛，你儂我儂好得很，忽然對方有個親戚說不合適，你們不合規矩，會耽誤我們小楊。姑娘立刻「退一步」，失蹤了，跑到深山老林裡去嫁人。

這不是退一步，而是退一百步。這也是小龍女做事的常見方式，別人退一步，她要退一百步。

譬如後來兩人千辛萬苦團聚了，沒相處幾天，卻誤會楊過要和郭芙在一起。小龍女有什麼反應？退一百步，把淑女劍也給了郭芙，自己又瞬間搞失蹤，讓楊過又再度尋遍天涯海角。再後來，兩人雙雙中毒，楊過扔了半枚絕情丹，不肯獨活。

小龍女想讓楊過活著，怎麼做？又是退一百步，自己先去死，但還要裝作沒死，訂立一個十六年之約，套住楊過。她把整個計畫想了一遍，覺得毫無漏洞，留了紙條後便跳下懸崖。

我就不明白了：姑娘，你躲起來，不當真尋死，是否也能達到同樣的效果？江湖醫術日新月異，說不定哪天就有了特效藥，你何必急著死？如果不是武俠小說主角跳崖不死的定律，楊過苦苦等待十六年後還不是一樣殉情，葬身谷底？這十六年之約到底是為了拯救他，還是為了摧殘折磨他？

做人難，做女人難，做女主角難上加難。黃蓉、趙敏、小龍女，都是女人，但三個女人做事的方式不一樣。趙敏是遇到困難便向前走，逢山開路，遇水架橋；黃蓉是倘若問題大，就先繞著走，青山還在，就有柴燒；小龍女不同，是遇到困難反著走，倒退一百步，製造一個新困難，把自己逼上絕路。

人在世上，常有要退一步的時候，甚至退三步、五步都有，那叫審時度勢。戰略性撤退是理性的；然而，遇事就退一百步，那是非理性的，多出來的九十九步，從根本上來說，要不是自怨自艾、賭氣、報復，企圖用浮誇的離別來傷害對方，要不就是感動自己，追求一種自我犧牲和自我放逐的儀式感，讓自己陶醉和麻痺。

你觀察小龍女就會發現，她有一個特質，就是**畏懼且習慣迴避矛盾，這是許多都市人也有的心理現象。說得好聽一點是與世無爭，想怎樣就怎樣，在根本上就是不願意面對矛盾**，一秒內就要撤退到安全地帶，往後再往後，退個三百里。

小龍女在古墓長大，從生到死都被祖師婆婆、師父留下來的一套方案安排好了，連死了以後睡哪口棺材都早有安排，所以她就與世無爭，沒什麼可爭，也沒人和她爭。假若敵人來了，放一群玉蜂（按：小龍女所養之物，比野蜂毒上數倍）就可以驅散，不用和人評理置辯。

從這個角度看，現在都市人表面上生活五光十色，其實還不照樣是活在古墓裡？許多人從小到大都有長輩安排好一切，按部就班，直到工作、結婚，所以許多人也畏懼競爭，遇見矛盾就退一百步。

對小龍女來說，自從離開古墓，有太多的矛盾她不願面對、無法面對。她覺得山下的世界是一團荊棘。比方說，自以為「失貞」，這樣沉重的負擔和糾結，她無法面對；師徒之戀，江湖不容，倘若要繼續和楊過在一起，又勢必要面對許多矛盾和糾葛；後來聽說楊過和郭芙是一對，更讓她覺得太複雜、太紛亂，這團亂麻難以處理。

在她的內心深處，黃蓉、郭靖、郭芙、朱子柳、尹志平……這些人都太麻煩了，她想迴避和這些人正面衝突，不想條分縷析、見招拆招，所以一遇到事，就習慣性的大步後退，離開戰場，離開矛盾；割捨愛情，成全對方，這總行了吧？

事實上，**人要怎樣才不會那麼畏懼衝突和競爭？答案是，你只能戰勝它。**你看小龍女有點怕李莫愁，卻沒那麼怕武功更強的金輪法王，因為她曾經戰勝過後者。一個人，倘若處理過棘手的矛盾，搞定過尖銳的衝突，就不容易再習慣性的躲到古墓裡去。而且她還會知道，在人生選擇上，進一步或退一步，也許都可以收穫空間和寧靜。但是退一百步，往往反而無法獲得寧靜。好比嫁到絕情谷，小龍女的餘生會就此平靜下來嗎？

最了不起的與世無爭不是躲起來，而是你太厲害了，沒有人可以和你爭。最後小龍女劍術通神，可以和楊過好好的在一起，反倒得到了空間和寧靜，因為她知道沒有人可以和她爭了。

第10章

真正的「強人」，不會四面樹敵

——《神鵰俠侶》洪凌波

慕強不是什麼錯，但前提是要識別強人，明白什麼是真正的強者、什麼是偽強人。

我們經常把霸氣誤以為是一味好戰、到處樹敵。這種人不是強人，乃是「假強人」，這種氣質也不叫霸氣，而叫情緒化、蠢人上身。

《神鵰俠侶》裡有個小女生叫洪凌波。這個姑娘有一個重大失誤，就是跟錯了老闆。她的老闆，也就是師父，是赤練仙子李莫愁。這裡所謂的跟錯老闆，倒還不是指師父心狠手辣、道德敗壞的事實。李莫愁殘忍嗜殺是無疑的，無須多言。暫且拋開道德是非不論，僅談利害，她也不是一個好老闆，而是一個典型的「假強人型」老闆。

洪凌波就是錯跟、錯信了這個假強人。

社會心態往往慕強。在許多人想當然的理解中，強人往往霸氣，睥睨四方、說幹就幹，能動手絕不動口。現今網路小說中經常出現雄才大略者「一言不合就打仗」的橋段，這是一種對強人的誤解，誤以為霸氣就是好戰和四處樹敵。

李莫愁這種人很具迷惑性。她狠惡、好鬥、殘忍，而這恰恰是普通人所不能的。你、我及絕大多數人都是普通人，做事都瞻前顧後、軟弱搖擺。面對競爭，我們很難完全豁出去、不計後果；面對人生中的對手甚至敵人，普通人也很難狠下心處決。這種猶疑、軟弱，都是普通人的常見特質。

所以普通人很容易被李莫愁這種人迷惑，羨慕她的凶狠好戰，欣賞她的雞犬不留，以為這就是強人該有的氣場。殊不知，這完全錯了。

錯在哪裡？比方說，**強人並不會盲目的四面樹敵。**

歐陽鋒絕不四面樹敵，曾經離間、拉攏過黃藥師；裘千仞也不四面樹敵，還曾經拉攏過丐幫。

趙敏也是位強人，率隊去挑戰少林、武當，目的很明確，就是為朝廷剷除不聽話的民間幫派，實施重點打擊，以打垮中原武林的脊梁。

而李莫愁卻四面樹敵。樹敵是為了什麼？什麼也不為，純為了發洩，一味的情緒導向，火氣一來就不管不顧。

在陸家莊，她跟武三通本來是同一陣線的，但就因為武三通說了她情敵何沅君名字中的沅字，她立刻翻臉，同盟變冤家，和武三通劇鬥，雙方結下深仇，也相當於跟武三通背後的整個南帝勢力為敵。

這不叫霸氣，叫蠢人上身。

我不禁想起我的一位親戚，多年前是當地街頭古惑仔裡的大哥，後來痛改前非。他曾說過一句感慨良多的話：「打架，是打不來錢的。」

這句話讓我印象深刻。他尚知道打架不賺錢，李莫愁卻不知道。

再者，真正的強人一般都有明確而篤定的目標。強人之所以強，往往是目標較凡俗之人遠大。目標遠大，就不容易被瑣事干擾，也就能夠超越短期利益，意志也較為堅定。

再對比歐陽鋒，作為一代強人，便有著明確而堅定的目標——要爭取武功天下第一。有利於這個目標的一切，他都積極謀取；與這個目標無關的一切，他就視若不見、鮮有分心。他極其珍惜自己的注意力。

桃花島上，歐陽鋒被周伯通設計，澆了一身臭尿，儘管出了洋相，但他也沒有跳腳亂罵，只無奈笑笑，換了件袍子便罷。因為這與他的遠大目標無關。

而李莫愁有何堅定而遠大的人生目標、人生願景？完全沒有！非但沒有遠大的長期目標，似乎連一個像樣的短期目標都沒有。

她一大半的精力，就是用在和前男友一家搗蛋，挖墳掘墓、打架殺人、遷怒找碴，這便是她的主要業務。

她另外一小半的精力，似乎專注於謀取《玉女心經》。這倒也像個目標，然而，在實際執行的過程中又變形了，變成了嫉妒師妹、怨恨師父，和師妹小龍女糾纏亂鬥，彷彿經書不是最重要的，與自己的童年陰影作戰才最重要。

強人不能是情緒的奴隸，而李莫愁卻是典型的情緒的奴隸，許多無關的細節都能攪亂她、迷惑她、害她分心。

既然謀劃了十年後要向前男友復仇，那就好好復仇吧，然而仇人的脖子上繫了一塊前男友的手帕，李莫愁就疑惑了、迷惘了，心神大亂。既然要謀取《玉女心經》，一度打算懷柔師妹，那就用心懷柔吧，結果聽見師妹說一、兩句話不順耳，就大怒了，拂塵摟頭蓋頂打來。

洪凌波誤以為李莫愁是個強人，一直跟著學。自己明明是一個單純甚至有點天兵、本質也並不殘暴的小姑娘，卻無比羡慕李莫愁所謂的霸氣、匪氣。

她先是認真學李莫愁的行頭：

十五、六歲年紀，背插長劍，血紅的劍條（絛音同掏）在風中獵獵作響。

然後學李莫愁的強人口吻，裝古惑仔。看她出場時說的這幾句話：

（洪凌波）叫道：「但取陸家一門九口性命，餘人快快出去。」

那小道姑（洪凌波）嘴角一歪，說道：「你知道就好啦！快把你妻子、女兒、婢僕盡都殺了，然後自盡，免得我多費一番手腳。」

師父的這種輕佻、霸道，十五、六歲的洪淩波有樣學樣，自以為距離心目中的強人又近了一步。

然而，她得到了什麼？跟著偽強人幹出了事業嗎？升了職嗎？拓寬了視野嗎？沒有。老闆整天不務正業，小姑娘洪淩波也跟著不務正業，行騙江湖、打架、殺人搶劫，學當古惑仔，糊里糊塗結了無數仇人，欠了一身血債，成了過街老鼠，一無所獲。

最後，還被師父當成墊腳石，丟掉了小命。洪淩波之死，正是李莫愁控制不住情緒的典型案例。李莫愁被情花毒刺圍困，憤怨衝腦，也不多想想脫身計策，就一秒抓起徒弟當石頭墊腳，往外衝，最後雙雙中毒。

同樣是跟著李莫愁，師妹陸無雙可就聰明多了。

洪淩波信了李老闆的虛假財報，陸無雙卻明白這裡不能久留，一抓住機會就盡快離開這個垃圾集團，溜之大吉。後來，陸無雙固然沒有武功超強、揚名立萬，但至少有朋友、有親人，活得坦蕩又滋潤。

慕強不是什麼錯，但前提是要識別強人，明白什麼是真正的強者、什麼是偽強人。與其像洪淩波一樣，羨慕、垂涎那些虛偽的好戰和霸氣，倒不如好好當一個平凡的陸無雙。

第11章 場面很尬，心裡怎麼不尷尬？

——《神鵰俠侶》完顏萍

不浪費柔情，不反芻過去，不深陷無果的緣分，
不執著無謂的執著。

世上有些東西，你心裡存著尷尬，它便會顯得分外尷尬；你心裡不尷尬，它可能就半點也不尷尬。

襄陽城英雄大會上，丐幫大比武，選擇幫主。所有人的目光都集中在臺上那些男性身上，他們發言、比武、爭雄、揚名，拳來腳往，拚得不亦樂乎，大概沒有多少讀者會關注在場的女眷。

然而，臺上有江湖，臺下也有江湖。有幾個女子就坐在臺下。郭芙、耶律燕、完顏萍幾個女子，正聚在一起鬥嘴為樂，互相伸手到腋下呵癢，「一見面仍是嘻嘻哈哈，興致不減當年」。

在這一片歡快的嬉鬧氛圍裡，有一個女生很容易被忽略，但事實上其言行很值得品味，乃至讓人有些佩服，那就是完顏萍。

她是郭靖的二徒弟武修文的妻子。

可以發現，完顏萍隨處讓著郭芙。

擂臺上正在比武選幫主，她丈夫武修文先上臺比試，連敗數個對手。完顏萍見丈夫表現不錯，心裡歡喜。旁人自然也在喝彩。

然而，郭芙卻有些埋怨。埋怨什麼呢？她在打自己的小算盤。她是這樣說的：「小武哥哥……何必這時候便逞英雄，耗費了力氣？待會有真正高手上臺，豈不難以抵敵？」

郭芙這是擔心武修文提前耗力太多，不能多替自己丈夫先打敗幾個對手，等到自己丈夫耶律齊上臺時豈不是吃虧？旁人即便這樣想，也不會這樣說出來，郭芙卻說出來了。完顏萍心知肚明，但臉上反應卻是雲淡風輕，只四個字「微笑不語」。

她微笑不語，旁邊人卻不肯微笑不語。郭芙的小姑子耶律燕便立刻回道：「妳怕什麼，她老公被打下了，還有我老公呢。兩個人都幫妳老公收拾完對手，讓他最後登場去獨敗群雄，妳好安安穩穩做個幫主夫人，有何不美？」

這話說得挺犀利，所以郭芙被說得臉面發紅，可見是正中她的心事。

何以耶律燕對郭芙毫不相讓，完顏萍卻只微笑不語？除了個性不同之外，那便是大家還有親疏的微妙分別。耶律燕是嫡親小姑子，自然可以寸步不讓。完顏萍卻沒有這層關係，何必凡事和郭芙這個大小姐計較？微笑不語就好。

可見任何樂融融的氛圍，也總離不開一些成員私底下的擔待和維繫。總有人擔待得多一些，有人擔待得少一些，有人暢所欲言，有人微笑不語。而完顏萍便扮演了微笑不語的角色。

完顏萍的通透，不光體現在這一件小事上。她有一項本領，就是特別善於釋懷，不為自己的內心找彆扭。

倘若分析一下小說的前情後果，會發現以她的經歷，假如內心要鬧彆扭，要幫自己加點內心戲，是非常合理的。

她嫁了郭靖的徒弟，進入了郭家，和郭芙朝夕相處。然則這個丈夫武修文痴戀了郭芙十餘年，用現今網路上的流行語來說，便是當了十餘年的工具人兼跟屁蟲。武氏兄弟倆苦戀郭芙，江湖皆知，從小就是一個鞍前、一個馬後，郭芙往東，他們絕不會往西，郭芙吃玉米，兩人絕不包粽子。後來，兄弟倆還為了郭芙，一度鬧到反目為仇、拔劍互斫（斫音同卓）的地步。

倘若雙方再無來往、火車過站，彼此眼不見、心不煩，倒也罷了。但問題是自己入了郭家門庭，大家反而湊在一起，和老公年輕時的白月光郭芙天天見面，幾個小家庭之間互相擠得水洩不通。

放下過去，說來簡單，但在日常生活裡，面對老公苦戀了十多年、鬧出無數麻煩的異性，還能允許保留個聯繫方式、偶爾問候一句，就已經夠灑脫了，要求中斷聯繫、不許再來往的怕也不鮮見。幾個人能心無波瀾的和郭芙朝夕相處，她高興時便和她胳下呵癢、嘻嘻哈哈，她不高興時便要識趣收斂、微笑不語？

再退一步說，郭芙如果個性好、易相處，那倒也罷了，但偏偏她是個優越感極強、不易相處的人。自己嫁了她的跟屁蟲，兩口子託庇於她父親門下、仰人鼻息，完顏萍倘若稍微敏感一點，心裡肯定少不了彆扭。換作林黛玉這種心竅極多的人，早已經悶死了自己。

完顏萍卻偏不彆扭，好比有一個黑化的黑洞，已經敞開了，她卻不往裡面鑽。面對郭芙，該呵癢便呵癢，該微笑不語便微笑不語。這是能耐，是本事。**世上有些東西，你心裡存著尷尬，它便會顯得分外尷尬；你心裡不尷尬，它就一點也不尷尬**。原本多尷尬的事情，到了完顏萍這邊，她不尷尬，於是便一點也不尷尬，郭芙、武修文也不尷尬。

在另一件事上，完顏萍也特別顯露出其本事，就是她和其他男人——耶律齊和楊過的關係。

她和耶律齊一度相當曖昧，糾纏了一陣子，連男方的妹妹耶律燕都認定兄長是選好老婆了。完顏萍和楊過則更進一步，楊過曾經「拉著她的手，跟她並肩坐在床沿上」，痛陳自己的身世，情到深處，哭溼了人家姑娘一條手帕，還讓完顏萍去摸自己小腿上的傷疤。末了，楊過又抱住完顏萍，「如痴如狂」，痛吻姑娘的眼睛。

後來，兩段關係都風流雲散，耶律齊娶了郭芙，楊過和小龍女成婚，各成眷屬。完顏萍嫁的是幾個男人裡，相對最不成器的武修文。這種情形下，倘若糾結不甘，內心生出熨不平、撫不開的波瀾，也是人之常情。你看郭芙對楊過，後來不是各種不甘、各種「奇異的心事」嗎？

完顏萍卻不見心中有什麼糾結，也沒什麼遺憾，反而能夠爽快的拋下過去。後來面對這兩個男人，她表面上不尷尬，內心裡也不尷尬。換作是他人，也許會忍不住想：「假如當年……。」可是她心中卻沒有這個假如，沒有李商隱所謂「當時若愛韓公子」的無謂計較，**自己不曾真正擁有的，便當命裡沒有過。**

她甚至還捍衛了自尊。倘若她面對這兩個男人，內心糾結尷尬，一會兒憾己之未得，一會兒愧丈夫之不如，被耶律齊、楊過識破，那反而傷自尊。如此爽快的放下過去，反而是滿分的自尊。

整部《神鵰俠侶》，盡是尷尬之人。

武三通痴戀死去的養女，李莫愁糾結另娶的前任，郭芙始終在琢磨自己到底愛不愛楊過，生出無數尷尬徒勞的鬧劇。

只有這個默默的、不引人注目的完顏萍，拿了一個尷尬的劇本，卻活得最不尷尬。

她漂亮的放下，不浪費柔情，不反芻過去，不深陷無果的緣分，不執著無謂的執著，好像一輛丁鈴噹啷的小火車，雖然不可避免的要走走停停，也許一些月臺有月光灑落、樹影婆娑、風景動人，但鈴聲響起，火車出發，就痛痛快快的去擁抱前方。

第12章

一個人壞，代表他沒原則，別賭自己是個例外

——《神鵰俠侶》裘千尺

暴力能夠帶來臣服，但也可能帶來更大的仇恨，使用暴力的人往往會被暴力反噬。

看不起這個男人，覺得他不是好東西，那就果斷遠離他，不要總去羞辱他，又停留在他身邊，最後反而給了人家報復中傷的機會。

裘千尺這個人，你對她除了同情，還會有一股深深的無奈。作為絕情谷的女主人，她被丈夫背叛，挑斷了手筋、腳筋，扔進深不見底的山谷裡，陪了底下的鱷魚十幾年，每天就靠著幾棵棗樹過日子，極度值得同情。

但是你對她也有一股深深的無奈，用網路上的流行語來說，就是忍不住想吐槽。這個人本身有太多毛病、很多失誤，讓人不吐不快。

裘千尺的來頭很大，是「鐵掌水上飄」裘千仞的妹妹。背景顯赫加上武功高強，所以人送外號「鐵掌蓮花」。

她的女兒公孫綠萼美麗動人，長得又像媽媽，可想而知裘千尺年輕時應該也很美，說是「白富美」也不奇怪。

她和丈夫公孫止還有過一段甜蜜愛情。當初，裘千尺跟哥哥吵架，離家出走，無意間來到絕情谷，嫁給了公孫止。你發現了嗎？他們相愛的經歷和郭靖、黃蓉居然非常像，黃蓉也是和家長生氣，離家出走，才遇到郭靖。

成親之後，日子好像還不錯。裘千尺比公孫止大了幾歲，把公孫止照顧得無微不至，吃喝拉撒全包，還教了公孫止上乘武功。有一次遇到敵人來襲，也是裘千尺捨命打退了敵人。這一點也非常像黃蓉為郭靖做的事，甚至還更誇張一點，成了男人的大保母，從生活到成長到打架，所有的事都一手包辦。

但隨之而來的是，她內心裡也瞧不起公孫止，感情是有的，但也有足足的蔑視，「你算個屁」、「你比我大哥差遠了」之類的話也經常掛在嘴邊，比如：

「他十八代祖宗不積德的公孫止，他這三分三的臭本事，哪一招哪一式我不明白？這也算大英雄？

「他給我大哥做跟班也還不配，給我二哥去提便壺，我二哥也一腳踢得他遠遠的。」

兩個人的感情逐漸出現了問題。公孫止出軌了，越來越嫌棄妻子，甚至還計畫私奔。裘千尺付出很多，卻收到了一枚苦果。

種種跡象都表明，公孫止不是好東西，裘千尺看錯了人。看錯了也沒關係，難免會在錯的時間遇到錯的人。本來裘千尺有足夠的能力和底氣重新站起來，後來殘疾了都能在山谷裡熬十多年，可見其毅力和勇猛。有這種素質，什麼事情扛不住？從頭再來嘛！男人那麼多，直接叫公孫止滾，不行嗎？

但是裘千尺偏偏在糾正錯誤這件事上做錯了，不但沒能糾正丈夫的錯，還賠上了自己的一輩子。

她把公孫止的出軌完全歸咎於那個第三者。用她的話來說，就是：「呸！這小賤人就是肯聽話，公孫止說什麼她答應什麼，又是滿嘴的甜言蜜語，說這殺胚是當世最好的好人，本領最大的大英雄，就這麼著，讓這賊殺才迷上了。」

小三很聽話，肯吹捧討好丈夫，所以丈夫變心。這就是她的結論。

但其實公孫止是怎麼想的呢？書上說，公孫止覺得裘千尺管得特別緊、專橫跋扈，讓自己半點不得自由，只有和情人在一起才有做人的樂趣，連絕情谷都不想要了，想走得越遠越好。

這兩口子明明是同一個劇的男、女主角，卻好像拿了兩個版本的劇本。裘千尺眼中的自己，是對家庭盡心盡責、對丈夫體貼入微、上得廳堂、下得廚房，百分百的好妻子。但公孫止眼中的她是仗勢欺人、專橫跋扈的女暴君，說起話來是老媽教訓兒子，所以哪怕祖傳的絕情谷不要了，他都要離開裘千尺。

裘千尺堅持認為，核心問題是第三者柔兒。她以為，只要解決了柔兒，就能解決丈夫出軌的問題。而丈夫公孫止卻堅信，夫婦兩人有尖銳矛盾、不可調和，片刻都不能共存。

結果丈夫企圖逃跑，沒想到計畫暴露，老鷹抓小雞，自己和情人都被抓獲。裘千尺迷信暴力，覺得高壓最有用，於是出了一道要命的選擇題，把公孫止和柔兒都放到情花毒刺裡，使他們中毒，讓丈夫二選一：救自己還是救情人。

丈夫心狠手辣，很快給了答案，迅速又堅決的一劍殺了柔兒。

裘千尺感到很滿意，但還覺得沒有玩盡興，又加了一段戲，對丈夫說：哎呀，你下手未免也太快了，我只不過試試你，只要你再向我求懇幾句，我便會將你們兩個人都救了。

丈夫面如死灰，賠罪、賭咒、發誓：娘娘手段高明，我望塵莫及。

裘千尺像一個抓到了老鼠的貓，百般折辱玩弄，享受著復仇的快感，卻沒有察覺老鼠的憤怒。

她把丈夫的賠罪、賭咒、發誓，當成自己的高壓手段生效了，把他打得服服貼貼，然後得意揚揚的繼續和丈夫過日子。

不難看出，裘千尺還是喜歡公孫止，從一開始就打算要接納他浪子回頭。然而結果是，丈夫將她灌醉，突然發難，挑斷了她的手筋、腳筋，把她扔進山谷。

這個悲劇故事很值得反思。可以說，裘千尺在對丈夫的處置上犯了幾個致命錯誤。

第一點，沒有認清楚人，沒看透丈夫的真正秉性。

丈夫為了活命，一劍殺了情人，然後轉頭向老婆求饒，乾脆俐落，毫不猶豫。

旁觀了這樣的情景，她居然還沒看出這個男人心狠手辣，還能做出「他為人本來極好，只是上了狐狸精的當」這種判斷，輕信了丈夫的悔過，毫無防備的被灌醉，自己把頭送到人家刀口上。

所以，女生千萬不要被那些三流的愛情劇所蒙蔽，相信所謂「壞人對誰都壞，唯獨就對你好」，相信自己對對方是特殊的存在。不，你沒有那麼特別。**一個人壞，就表示他沒原則、沒底線，別去賭自己是個例外。**

第二點，迷信暴力，以為暴力能夠換來臣服。

裘千尺可能有點暴力基因，比較迷信強硬的手段，覺得靠暴力能讓男人回心轉意。暴力能夠帶來臣服，能夠讓人俯首貼耳，但也可能帶來更大的仇恨，使用暴力的人往往會被暴力反噬。

可能是她在谷中頤指氣使慣了，已經分不清楚別人是真心服從還是假裝。

第三點，瞧不起別人，可以遠離對方，但是不要去羞辱他。在和公孫止的關係裡，裘千尺一直處在主導地位。

兩個人剛遇到時，公孫止還年輕，武功也弱，裘千尺對他便常像教訓兒子一樣。但是一些年過去，公孫止的武功、經驗、年齡都增長了，你還用原先那一套訓兒子的方式跟他相處，張口閉口「你給我二哥提便壺也不配」，他的面子不知道該往哪擺。

如果看不起這個男人，覺得他不是好東西，那就果斷遠離他，不要一邊羞辱他，一邊停留在他身邊，到最後給了人家報復的機會。

除了上述三點之外，我覺得還有第四點，那就是不要為了表現強硬，而掩蓋了自己的善意。

裘千尺和女兒曾經有這麼一段對話。女兒綠萼問她：「媽，妳說當時本來沒有想殺死他的情人，是真的嗎？如果爸爸真的向妳懇求，妳會不會饒那個柔兒的性命？」

裘千尺沉吟半晌，答：「我也不知道。當時我也想過饒了那個女人不殺，趕出谷去，那麼公孫止可能對我心存感激，說不定從此改邪歸正，再也不敢胡作非為。」

你看，這是裘千尺的內心話。

由此可見，其實，她仍然看重公孫止的感受，很希望丈夫能夠看見自己的付出，並感激自己的寬容。

但是這些東西，對方完全不知道。她做的和她想的不同，所以對方完全感受不到她隱藏的善意和柔軟，只看到一個手段狠辣、絕不容情、一心要報復的厲害女人，一秒就能讓自己粉身碎骨。

這完全激起了公孫止的求生欲和報復欲。本來他只是想私奔，但他被激得想復仇、想害人了。可以說，公孫止後來的作惡計畫，也有一小部分是被裘千尺催生出來的。

本來只是一樁離婚案，卻活生生被兩個人弄成謀殺案。

最後兩人的結局非常讓人感嘆，他們同時跌落絕情谷深達百丈的谷底，一對生死冤家同時葬身，你身中有我，我身中有你，再也分拆不開了。

當初好好離個婚，遠離孽緣和老賊，不好嗎？

婚姻是個美好的約定，可以遵守，也能解除

婚姻不是個褒義詞，也不是個貶義詞，而是個中性詞。

公孫止和裘千尺，正是典型的中年互相厭惡型夫妻。

今天許多打架打到上新聞的夫妻，雙方都事業有成，但是感情不順遂，如同公孫止夫婦這樣。

他們的婚姻狀態很緊張，兩人互相消耗、彼此煎熬，抽屜裡都有手槍，隨時做好準備要大清算，但又一直迴避著清算。雙方早已厭惡了這一段關係，卻又走不出去。

打個荒誕的比方。這類婚姻就像一間兩人共同修建的廁所，開開心心挖了茅坑、粉刷了牆壁，打算共同使用很久，卻忘記打通一扇門窗，不透氣。結果大家都出不去了，日復一日困在裡面，空氣不通，越來越臭，噴花露水也無濟於事。兩人互相抱怨，怪對方拉得

太多。

有人說，兩口子會撕破臉，是錢太多害的。但我覺得這樣子的說法過於簡單，公孫止和裘千尺不是因為太成功，才導致不合。

家庭和睦的有豪門，也有平民，就好像蹲在家門口哭的有富人，也有窮人。只能說，婚姻本身就蘊藏了這種風險，就像韋小寶的骰子，是一還是六，都是點數。

窮人受的誘惑少，出軌的機率小，更不太可能包養誰，容易在彼此都別無選擇的情況下接納、容忍對方，堅持過下去。

可是反過來，姑且借用一句詩詞——貧賤夫妻百事哀，太過艱苦的生活是磨刀石，不但會讓皮膚、手背粗糙，也同樣容易磨滅愛情，讓人心變得粗糲，迅速耗光心靈裡敏感、纏綿的部分。就好像一個人鞋子裡全是沙，走一步都難受，必然顧不上看什麼旅途風景，只會罵一句「這該死的世道」，走一步算一步。

富人的婚姻容易空心化，窮人的婚姻容易石化，大家都不容易。愛情對世人是不公平的，但是婚姻基本上是公平的，因為一樣考驗人。

有的人可能真的被公孫止和裘千尺的婚姻嚇到，心想：「這也太可怕了，如果要過成這個樣子，我還不如養貓、養狗就好。」

事實上，有裘千尺這樣的婚姻，也有黃蓉那樣的婚姻。對於結婚這檔事，只能有一個結論：婚姻是一個中性詞。

它不是一個褒義詞，也不是一個貶義詞，而是一個中性詞。就像單身一樣，也是一個中性詞，沒有褒貶。

它只是一種選擇、一種狀態，是人生許多選擇中的一種。有人愛把婚姻包裝成褒義，覺得它是人生至高追求、終極意義，是每個人都必須做的事情；有人愛把婚姻當成貶義，認為婚姻是墳墓，是愛情的葬禮。這都不對。

郭靖和黃蓉是婚姻，裘千尺和公孫止是婚姻，苗人鳳和南蘭也是婚姻。婚姻不保證幸福，也不註定悲劇。

一個人走進婚姻的最佳心態，就是先明白它是一個中性詞。它是一個很勇敢的選擇，而選擇必然有其風險；它也是一個美好的約定，但約定可以解除。

婚姻會為人帶來一些東西，也會帶走一些事物；會造就一些什麼，也會磨損一些。在這裡，付出不一定能讓你及時獲得回報，但平時也許也能收到驚喜。暮春三月，可能江南草不長，你把它當港灣停一停船，卻有可能收取「江清月近人」（按：取自唐代孟浩然的《宿建德江》，指江水清清明月來和人相親相近）的快樂。

唐朝有位叫李治的女詩人，寫了一首《八至》：「至近至遠東西，至深至淺清溪。至高至明日月，至親至疏夫妻。」

至親至疏，無非就是在說婚姻是中性的，存在著各式各樣的可能性。

如果真的能了解婚姻是個中性詞，那麼對於別人的婚姻，看好戲的旁觀者也能免去不必要的期待或道德準則。對這個失望的、對那個謾罵的，都會少很多，那是別人的事情。

第13章

懂事挺好的，但太懂事就沒必要了

——《倚天屠龍記》小昭

一個人在親情裡卑微慣了，
在愛情裡也就容易卑微。

懂事挺好，太懂事就沒必要了。

小昭這個女孩子，好就好在懂事，後來傷就傷在太懂事了。懂事挺好，但是懂事懂到了義務之外，就沒什麼必要了，徒然損傷自己。

她擔任張無忌的小丫鬟，做得甘之如飴，感覺平安喜樂，似乎是因為愛情，但其實那未必是因為愛情。從根本上來說，就是她願意變得很「小」，樂意被不同人頻繁、瑣碎且具體的需要。

被母親需要，去當密探、偷武功祕笈；被主人需要，去端茶、倒水、補衣服。這樣她才能感到安全、踏實，才覺得自己有一點價值，和這個冷颼颼的世界有一點穩定、堅固的聯繫。

她的行為模式，都可以回溯到最初的母女關係。小昭的愛情觀被媽媽影響，她愛張無忌的奇異方式，也在她和母親黛綺絲的關係影響之下形成。她一直在當一個懂事的女兒，因為有黛綺絲這個靠不住的媽媽。

黛綺絲為了愛情罔顧一切。她是明教總教的「聖處女」，又是中土明教的「紫衫龍王」。為了嫁給銀葉先生，聖處女和紫衫龍王都不當了，與明教決裂，易容成醜陋的老太太行走江湖，把前途、朋友、容貌都放棄了。

放棄事業值不值得？自己的選擇，旁人當然不容置喙。但她把女兒也放棄了，這就比較靠不住了。女兒小昭從小被寄養在別人家，隔一、兩年才偷偷去見一次，等於沒有母愛。黛綺絲還灌輸給女兒各種「本事」，把小昭打造成小工具人，不等孩子長大成人，就匆匆派到危險無比的光明頂做臥底，偷《乾坤大挪移》。光明頂上，小昭被人張口就罵、反手就打，要不是有主角光環，早就已經死了十次。

小昭的個性就是這麼養成的。在她看來，母親的愛有條件，自己唯有被母親需要，才能得到她更多的關注和陪伴。所以，小昭就積極的被需要。她精通波斯文，努力學習奇門五行，善於觀察人心，聰明機變，分外乖巧。母親需要工具人，她就努力做最全面的工具人。母親需要她不怨艾、不胡鬧，她就不怨艾、不胡鬧，甘當一個缺失母愛的女兒。

黃蓉跟父親吵了架，便會離家出走表示不滿，好讓黃藥師知道自己的委屈和憤怒。小昭卻連頂嘴也不會。她忠實完成母親的任務。在光明頂上，她明明已經被人識破，戴著鐐銬，身處險境，但卻不逃跑、不退縮，仍然百折不撓的完成不可能的任務。她認為，如果任務失敗，自己對母親就不再有意義。

甚至在情感上，對母親的缺席與棄責，小昭也給了最大的寬容。她一直替母親辯解：

我年幼之時，便見媽媽日夜不安、心驚膽戰……她又不許我跟她在一起，將我寄養在別人家裡，隔一、兩年才來瞧我一次。這時候我才明白，她為什麼甘冒大險，要和我爹爹成婚。

你看，她自己有了愛情，便用愛情的名義寬容了母親的冷落和不負責任。

把自己變「小」，也可能成為習慣。**一個人在親情裡卑微慣了，在愛情裡也就容易卑微。**小昭後來對張無忌的愛，就成了她和母親關係的翻版。

她不公開自己的情感，口口聲聲說只想當個小丫鬟，當著趙敏說，當著謝遜說，當著任何人都這麼說，反覆洗腦他人，也洗腦自己。她努力滲入張無忌的日常生活中，照顧他穿衣、吃飯，形成對自己的依賴，一種對工具人的依賴。

她的目標不是讓愛情能夠得到回應，而是保住這個工具人的位置，不被拋棄。

但結果是，張無忌有了她穿衣、吃飯，沒有了她也穿衣、吃飯，就好像母親黛綺絲有了她這個工具人也是奪刀、盜經，沒有了她也是奪刀、盜經，以至於張無忌甚至沒有充分意識到小昭的優秀。

除了在一次出祕道的時候，他忽然看到小昭的真實容貌，感慨她好看之外，他對小昭的聰慧、心機、膽略，長時間一無所知，以為小昭只是乖巧懂事。而且，小昭把自己變小，還不是只在感情上，她是全方位的把自己變小。她並不只在張無忌面前才當丫鬟，在所有人面前都是如此。

為了盜祕笈，她扮了楊不悔的丫鬟，那是臨時扮演。等到後來不用演、不必演的時候，她仍然習慣性的這麼做。

張無忌隨手給她一朵珠花，她開心得「雙頰紅暈」，第一反應卻是低聲說：「那可多謝啦。就怕小姐見了生氣。」小姐就是楊不悔。她的出身和楊不悔比，明明只貴不賤，至少也是相當的，但她就順理成章認了自己是丫鬟，別人是主子，怕別人生氣。

處於低位，她才感覺安全、自在，覺得自己被需要。所以她也搞不清楚張無忌是喜歡自己、愛自己，還是需要自己了。而**被愛和被需要，真的是兩回事。**

第14章 做人不能既要、又要、還要

——《倚天屠龍記》紀曉芙

有時越想努力周全一切，
越會把所有人都傷害一遍。

人是要做選擇的。太想周全一切，不肯做任何選擇，不想傷害任何人，結果可能就是把所有人都搞傷，尤其是自己。

《倚天屠龍記》裡看得讓人最心急的一幕，就是紀曉芙饒了丁敏君不殺。彭和尚明明已經將丁敏君制住了，一劍殺死，一了百了，紀曉芙卻非要放了。彭和尚苦勸：「這女人對妳早有歹心，多次加害妳，又胡言亂語毀謗妳名聲，不能留活口，若不殺她，日後定大大不利。」說得再明白不過，紀曉芙卻堅決不肯。其後果然應了彭和尚之言，紀曉芙被丁敏君進讒毀謗而死，看得讓人氣得直跳腳。

紀曉芙為什麼這麼糊塗，下不了手？那是因為她有一個致命弱點，或說是一個心結，就是既要、又要、還要。

道德、倫理、愛情、師父、同門、名譽，什麼都要最大限度的維護，任何一樣都不肯放棄。說白了就是這個女人太好了，所以事事求好，道德潔癖太重。然而，**做人恰恰不能既要、又要、還要。**

紀曉芙追求愛情，本來是個不錯的目標。她愛魔頭楊逍，公然表示「不悔」，但同時她也要師門，死不肯離開峨嵋。

問題是，這兩件事不相容。師門容不下你的愛情，你得做選擇。

紀曉芙講究寬仁，這本是好事。她對敵人都常懷惻隱之心，連丁敏君這種心腹大患都不肯殺，老是顧念著同門之義。問題是，她自己也要求生求存，得活下來才能帶孩子。這兩件事也自相矛盾，因為你的同門就是想要你死。

紀曉芙有主見，這也是好事。所以她在感情上絕對不猶疑，明確知道自己喜歡誰。問題是她又不肯傷害別人，對未婚夫殷梨亭猶猶豫豫，總不肯挑明、悔婚。這也很矛盾，因為大家都在等你的選擇。

此外，她還很誠實，死不肯騙師父。師父要她去刺殺楊逍，她原本只要答應下來，就能光明正大的去找楊逍團圓。然而，她抵死不肯說謊，最後被師父痛下辣手擊斃。

仁也要，義也要，信也要，愛也要；師也要，親也要，家也要，女兒也要。好不好？都好，但是做不到，它們彼此矛盾。這個世界不是美好和美好的結合體，而是美好和遺憾的結合體。你得做出選擇。

在那麼多重要的東西裡，總有一個最重要。是師父嗎？女兒？楊逍？殷梨亭？還是峨嵋派？

如果想當峨嵋派的好徒弟，沒問題！那就踏踏實實待在峨嵋，發揮好自己的優勢，當上掌門，剷除丁敏君這種害群之馬，把峨嵋派發揚光大，這才是對峨嵋派真的好。

如果想保全自己和女兒的歲月靜好，那就先隱居，不要理江湖紛爭，把峨嵋派的過去徹底忘掉，好好活下去。

如果想當一個維護武林正義的江湖人、鋤強扶弱，那就注意方式，首先，得懂得對滅絕師太陽奉陰違，利用她的性格弱點去達成自己的目的，要善於跟丁敏君這種濫殺無辜、一心立功的狗腿鬥爭，否則你救人的速度都趕不上她殺人的速度。

如果想要愛情，那就犧牲一點誠實，在師父面前撒個謊，趕快帶著女兒找到楊逍，管他江湖怎麼評價。

這些選擇其實都不壞。但是你什麼都不選擇，怕傷害任何一個人，結果便是適得其反，所有人都被你傷害了一遍。

傷害了殷梨亭嗎？傷害了！因為她從來沒有明確拒絕殷梨亭，也沒有退婚、拒婚，弄得殷梨亭一直搞不清楚情況。在紀曉芙死後，殷梨亭更是恍恍惚惚，一心想著要為她報仇，連「天地同壽」這種同歸於盡的拚命招數都搞了出來。這麼想想，殷梨亭是不是也蠻慘的？

傷害了丁敏君嗎？傷害了！因為你明明都帶女兒歸隱了，擺明不參與接班人競爭，給了丁敏君希望，卻又總心繫峨嵋，跑回來，讓丁敏君永遠要面對你的優秀、你的傑出。以丁敏君的狹隘心腸，怎麼受得了？當然是痛苦煎熬。

傷害了滅絕師太嗎？傷害了！你本是她最器重的弟子，是傳承衣缽的第一人選。你跑了也就跑了，私奔就私奔，滅絕師太就當你死了，這個徒弟白收了，也不作他想。可是你又跑回來，似乎還顧念師門，重新給了她希望，但最終仍然違抗她的命令，死活不肯去殺楊逍，讓她親手拍死你。還不如當初就跑了，對不對？

傷害了楊不悔嗎？傷害了！害得楊不悔小小年紀沒有母親，還險遭殺身之禍。

當然，她傷害最重的還是自己和雙親。

所以紀曉芙的**原地踏步、畏於選擇，努力想周全一切，其實反而把所有人都傷害了一遍**，她所顧念的任何一方都沒保護好。

多虧有張無忌為她料理後事。假如沒有張無忌呢？紀曉芙的選擇會導致什麼結果？思之讓人不寒而慄。

那就是小楊不悔也在蝴蝶谷慘死，被峨嵋派「斬草除根」；楊逍終生不會知道紀曉芙的心意；殷梨亭在光明頂會憋著一口氣，跟楊逍同歸於盡；滅絕師太則到處宣揚紀曉芙的敗德和不爭氣；丁敏君則還在橫行，繼續中傷下一個同門；最後，只剩紀曉芙的父母在無盡的汙衊和痛苦中度過餘生。

這是紀曉芙想要的結果嗎？付出了這麼多，周全了這麼多，就得到這樣一個結果？這等「既要、又要、還要」，是不是最大的失策？

人生總是要做選擇。在看上去都很重要的這些東西之中，仍有一些東西更為重要。

紀曉芙死都不肯騙師父，卻不知師父滅絕師太自己就是個騙門老手，前前後後安排多少輪美人計去騙人，先讓紀曉芙去色誘楊逍，後讓周芷若色誘張無忌。這種人，騙一騙又如何？

第15章

先搞清楚你缺的是愛情，還是安全感

——《倚天屠龍記》周芷若

這個世界上只要有一個人無條件的愛你，
就是對一個人自尊心的最大保護。

周芷若缺乏安全感。她找對象不完全是為了找愛情，還找一份安全感。趙敏只要張無忌的愛情，什麼承諾、保證、安全感都可以不要，那些她自己有。她只要愛情。

張無忌和周芷若，這兩個人在一起沒未來。曾經有讀者問：「趙敏和周芷若，你支持誰？」其實我支持誰都沒用，要金庸支持才有用。但要說個人看法的話，我覺得張無忌和趙敏更合適。

周芷若這個人缺乏安全感。她找對象不完全是找愛情，還找一份安全感。這個小姑娘一直活在沒有安全感的世界裡。她是漢水上一位船家的女兒，從小沒了母親，父親又走得早，生活很動盪。

後來到了峨嵋派這樣一間大公司，應該有安全感了吧？不，照樣沒有，她仍然活在師父的高壓和無處不在的同門傾軋之中。紀曉芙之死就是前車之鑑。

所以，愛情似乎不是她最渴望且急需的東西，安全感才是。她和張無忌在一塊的時候，總要驗證自己的安全感，像是喜歡要求張無忌發誓，時不時問張無忌：「你日後會不會……」、「將來若是你……」、「只怕你以後……」、「我要你親口答應我……」、「我要你正正經經的說……」、「我要你說得清楚一點……」。這就是一種安全感驗證，隔幾天不驗她就慌，似乎隨時會失去自己的東西。

周芷若還做過一件事——上吊。你可是金庸的女主角、大青衣（按：戲劇中對女角扮相的稱呼，或稱之為正旦），居然上吊！你看金庸別的女主沒有一哭二鬧三上吊的，周芷若就幹得出這種事。要說壓力大、心理負擔重，小龍女發現自己被姦汙，程靈素一直陪著那個心不在焉的胡斐，負擔也大、也重，但都不至於崩潰上吊。

周芷若真的很缺乏安全感，但偏偏張無忌自己也沒安全感。他自己都沒有的東西，怎麼提供給周芷若？張無忌也不是在找女朋友，而是在尋母。他一開始為什麼要和周芷若調情？很有趣，是因為念念不忘周芷若餵過飯給他吃，所謂「漢水舟中餵飯之德，永不敢忘」。你看，這不就是找媽嗎？

非要找原因的話，他和周芷若很像，也是缺親情，父母離開得早。父親沒了倒還好，武當六俠都充當了他的父親，再加一個張三丰，老爺子偉力如山，一個人當兩個父親用。所以在父愛這一點上他得到了彌補，但母愛就補不上了，張無忌後來一直特別想媽媽。

張無忌和周芷若在一起，你會發現兩個人都很累。那當然了，兩個都在找父母的人湊到一起，能不累嗎？張無忌後來自己說了，對周姑娘是「又敬又怕」，就是這種關係的最佳寫照。

再看趙敏，你就會發現為什麼我說趙敏和張無忌更速配。趙敏最不缺的就是安全感。她的娘家是她的強大支柱，自己的生命力又強悍，所以趙敏不知世上有可畏之事，不知世上有可畏之人，張三丰她都敢派人去揍一下試試看。幾大武林門派當年為了屠龍刀，曾經圍堵過武當，那麼多高手、掌門、神僧，沒人敢真的去打一下張三丰，但趙敏這個莽撞的傢伙卻說揍就揍。

這個畫風，活像是張三丰在演講，其他掌門、高手只敢小聲在臺下發出噓聲，忽然趙敏就上臺潑對方水。

趙敏只要張無忌的愛情，不要其他。甚至什麼承諾、保證、安全感都可以不要，那些她自己有，她只要愛情。在張無忌面前，趙敏活像一塊補血的水晶（按：指《魔獸世界》〔*World of Warcraft*〕中可以回復血量的水晶），可以源源不絕的輸出生命能量。張無忌不管有多累，碰上趙敏就能補血。

有一點非常重要，張無忌和趙敏在一起的時候，有荷爾蒙在流動，你能感覺到男女間特有的火花在迸發。從一開始兩人就是這樣，綠柳山莊裡捏腳，心動指數破表。

張無忌和趙敏聊天，可以越聊越騷，比如「今夜就要妳以身相替，賠還我的洞房花燭」云云，這些調情的話語，他和周芷若在一起的時候，半句都說不出來，只會說：「芷若，我敬妳、愛妳。」彷彿那不是他的女人，而是聖火，是明尊。

男女之間還是要有情慾的流動，不然這種愛情會很麻煩，少了張力。後來，濠州的那一場婚禮上，「新婦素手裂紅裳」，張無忌本能的逃離了周芷若，奔向趙敏。那是一場荷爾蒙的奔跑。我覺得《神鵰俠侶》裡，楊過的臺詞給他講才合適：「我好快活！我好快活！」那是張無忌的靈魂在歡叫。

金庸筆下許多情侶不合適，跟其他角色更速配

不但周芷若和楊康是一對，連他們的師父滅絕師太和丘處機都特別般配，都是愛打、愛殺，只想著自己的安排，不管別人樂意與否的道德家。

每次看《倚天屠龍記》，都替周芷若感到心累，覺得她和張無忌不速配，反而和另一個金庸筆下的人物——楊康很登對。

周芷若心機很重，也有不斷上進的雄心。她喜歡強大的男人，張無忌是明教教主，武功又是天下第一，原本非常符合她慕強的心性。但是可惜，張無忌徒有武功聲望，卻沒什麼野心，不太看重事業，只想當個佛系青年。

所以，這兩個人相處起來才如此彆扭。

周芷若跟張無忌一聊起未來，她就忍不住幫他規畫人生，自覺當起勵志導師來，十分亢奮。

比如張無忌夢想著功成身退、交出大權，周芷若就說：「天下大勢都在你明教掌握之中，如何能容你去享清福？」

張無忌說自己沒才幹，不適合當教主，周芷若就攛掇（按：音同ㄘㄨㄢ多，慫恿之意）：「你年紀尚輕，目前才幹不足，難道不會學嗎？」活生生一副恨鐵不成鋼的口吻。書上還有個細節，下屬韓林兒拍兩人的馬屁，說張教主要做皇帝，周姑娘要做皇后娘娘。周芷若聽了心花怒放、不勝之喜，張無忌卻趕緊否認，又是賭咒又是發誓，說萬萬使不得，自己真有此心天誅地滅，一副沒出息的孬種樣子，讓周芷若頗為失落且尷尬。

這樣的兩個人，真結了婚肯定會鬧彆扭。小張倘若繼續當明教教主也就罷了，假如真是退了下來，門庭冷落、無權無勢，估計天天被周芷若嫌棄，整天念叨沒完，周芷若劈腿陳友諒（按：曾加入丐幫成為八袋弟子，並擁立假的幫主作為傀儡意圖控制丐幫，但後來被揭穿）那類人的機率也不小。

有這種根本上的價值觀差異，相處起來太難受，偏偏金庸小說裡，這種情侶還不少。殷素素和張翠山，女的灑脫主動，是凡事都有自己主張的「妖女」，男的則囿於成規，是名門大派的標準範本弟子。兩人要不是因為共同流落荒島，絕對不可能搭上線。

楊康和穆念慈，一個惦記著要為大金國建功立業，繼承王位，一個想著要認祖歸宗，做個堂堂正正的大宋子民，兩人也是種種彆扭。

這些不合適的情侶，如果打亂重來，大家都會開心得多。比如周芷若就最配楊康。若把他們兩人湊成一對，重大問題立馬迎刃而解。

楊康很想上進，想當小王爺，想執掌大權，還說要讓女朋友當王妃。他比張無忌上進得多，欲望都赤裸裸的寫在臉上。假如換周芷若作為配偶，那簡直完美，另一半再也不用擔心我的事業問題了。周芷若或許會像激勵張無忌那樣激勵楊康：好好幹，你可以的！

以周芷若的心機手腕，或許還能不斷幫他出謀劃策，為大金國建功立業。《武穆遺書》（按：金庸小說中虛構的兵法奇書）拿出來，疆場上運籌帷幄；霹靂雷火彈練起來，沙場上所向披靡，楊康何愁大事不成？

穆念慈和楊康在一起時，道德包袱很重，時刻不忘自己是個漢人，不能失陷金國。周芷若卻沒有這種道德包袱，比如同樣是跟明教中人有感情糾葛，紀曉芙就老是心懷負疚，擔心對不起師門，周芷若則不然，可以戲假情真的跟明教教主張無忌打情罵俏、談婚論嫁，毫無心理負擔，管他三七二十一，先拜堂再說，一邊跟明教教主談戀愛，一邊當峨嵋掌門，魚與熊掌兼得。

這樣的周芷若，會因為自己是個漢人，就不願意享受權勢富貴嗎？多半不會。她跟楊康真是不謀而合，天造地設。

事實上，不光是這兩名徒弟很配，楊康、周芷若兩人的師父也很登對。

一個是全真派的丘處機，一個是峨嵋派的滅絕師太，職業性質很相近之外，關鍵是性格也非常合得來。當然，此處指的是虛構的小說人物，和真實歷史人物無關。

兩個人脾氣相當，用重慶方言來形容，就是「拐拐」（按：過於固執、頑固不化，不願意接受別人的任何意見）。兩人都愛以正義的化身自居，疾惡如仇，眼裡何止容不下一粒沙，簡直是容不下 PM 2.5（懸浮微粒），今天打邪魔，明天鏟淫賊，說誰是邪魔外道，誰就是邪魔外道，不問青紅皂白，先打後商量。

兩人也都喜歡幫別人安排事情，說得嚴重一點就是主宰別人的命運，不顧當事人的感受。丘處機說把穆念慈配給郭靖就配給郭靖，滅絕師太說讓周芷若去勾引張無忌，就得去勾引張無忌。管你願不願意，我是為了大義。

這兩老要是能見面，只要不互殺，多半一見如故。要是能攜手同闖江湖，組成「賞善罰惡二使」，豈非絕配？

事實上，除了這幾對，金庸的小說裡還有很多對沒能搭上線的完美組合。

《射鵰英雄傳》的歐陽克和《倚天屠龍記》的朱九真，兩人從出身到顏值其實都很登對。一個是公子哥，一個是大小姐；在愛好上，一個喜歡養爬行動物，一個喜歡養惡犬，正好可以交換一下寵物飼養心得。

最重要的一點是，練蛤蟆功的碰到練一陽指的，天生就是命理剋星。對歐陽家來說，怎能放任這一剋星在外面亂跑？顯然收入自己家中才是最穩妥的辦法。

又比如丁敏君和公孫止，也是絕配。這兩人都很歹毒、很陰險，都喜歡在背後捅自己人一刀。他們要是組成一對，相愛相殺該有多好，絕情谷公婆互捅，就不用出去為別人添麻煩。

就連殷素素，最般配的也不是張翠山。張翠山以名門正派自居，為人迂腐、不通世故，和殷素素在一起其實兩個人都委屈。他真的不太適合殷素素。

真正適合殷素素的男人，必須超脫世俗，不在乎什麼正邪之分，不懼世俗眼光，做事又夠狠，比如黃藥師。這兩個人要是在一起，所有問題迎刃而解，桃花島從此一片祥和。有了殷素素這樣的師娘，哪裡還怕鎮不住梅超風？

只要家中有愛，感情、婚姻觸礁，都有地方休息

周芷若的性格扭曲變態，有一大根源是她不像趙敏，有疼愛自己的父親和兄長。周芷若從來都沒有一個溫暖的娘家。

周芷若變壞，是一個漸進的過程。剛出場時，她斯文溫柔，心態也比較健康，雖然一

直都很有心機，但始終奉行一套中庸之策，絕不和人撕破臉，做事不極端。師姐逼她去打人，她裝作受傷，兩不得罪。門派裡抓到了俘虜，只有她來送饅頭。但自從和張無忌談了戀愛，周芷若就像變了個人，女主角不做了，立志爭做大反派，陰險毒辣，到處結仇，情敵、政敵通通滅殺，還濫殺無辜。

在少林屠獅大會上，有一個人不過是公開說了她幾句壞話，居然遭到炮決——被峨嵋派用炸彈炸死。

周芷若怎麼了？她為什麼會忽然變態？

最容易想到的就是怪男方不好：張無忌不好，朝三暮四，搖擺不定。金庸筆下的女主角們，一般有一個情敵就很累了，黃蓉只有一個情敵華箏，任盈盈只有一個對手小師妹，但周芷若偏偏獨享三個情敵，還個個都不是省油的燈。

男方不好，男方家裡的人也不夠好，比如祖師爺張三丰。張無忌逃婚，當場丟下周芷若，這件事發生後，張三丰作為婆家人的最高代表，也沒有盡到應盡的責任。

他們結婚的時候，老爺子倒是錦上添花，送來了一幅字「佳兒佳婦」。可是小倆口鬧不合的時候，就不見他雪中送炭了，不見他作為大家長出來轉圜一句，批評一句張無忌，撫慰一下周芷若。

張三丰對周芷若，其實恩情深重。周芷若小時候父母雙亡，是張三丰收留了她，靠關係送到峨嵋學藝。何況他老人家又是武林的泰山北斗，一句頂他人一萬句。如果他真的負起大家長的責任，出面積極挽回，多少能給周芷若和峨嵋派一個臺階，小倆口未必沒有機會復合。就算實在不能復合，好歹能消弭一點仇怨。可惜，張三丰卻未有所作為。

還有武當五俠、明教諸俠等等，也都算是婆家人。他們對這件事都不夠關心，不積極挽回。

不過，我想說，對於周芷若這樣有主見、心智健全的女性，男方家的人不夠好，固然會讓她感到傷心、委屈，但並不足以讓她扭曲變態。

換句話說，**讓一個女孩子流淚，可能是因為男方的愛不夠；但真正讓她變態的，是自己家的愛不夠**。也就是說，**娘家沒有愛，才最要命**。

對比一下就知道了。周芷若的最大情敵是趙敏。趙敏在張無忌那裡也很委屈。男朋友誤會她，明教的人不喜歡她，武當派的人也嫌惡她，大家都反對張無忌和她在一起，另外三個情敵也一度聯合起來對付她。

趙敏也傷心過、委屈過、哭過。在最難過的日子裡，她點上一大桌子菜，故作開心的狂吃，眼淚卻一滴滴落到飯碗裡。

可是她卻沒有變態。她的鬥志始終昂揚，心地始終陽光，深吸一口氣，揉揉眼，又恢復了妖女的強大氣場。

其中一個最大原因，是她有一個好娘家，她的爸爸和哥哥都很愛她。

趙敏的爸爸是汝陽王，權勢很大，但對於趙敏，他和普通的慈父沒有什麼區別。

有一次，趙敏對父親以自殺相挾，要和張無忌私奔，汝陽王當時的表現，完全就是一個極其牽掛女兒的慈父：

（汝陽王）淚水潸潸而下，嗚咽道：「敏敏，妳多保重，爹爹去了……」走出十餘丈，他突然回過身來，說道：「敏敏，妳的傷勢不礙麼？身上帶得有錢麼？」

有這樣一個父親，趙敏就永遠有退路，世界對她而言，總有一塊地方是溫暖的。即便**愛情不幸福，婚姻觸礁了，但就像出海的船隻遇到風浪，總有港灣可以躲避、可以進廠維修、休息，她沒有那麼容易扭曲。**

相比之下，周芷若的娘家又是一群什麼樣的人？

首先是一個沒有人情味的師父——滅絕師太。對這個師父來說，名聲重要，公司的業務重要，在武林裡揚威立萬重要，唯獨女徒弟的愛情和幸福不重要。

然後就是一幫半點也倚靠不上的師姐妹，比如頭腦僵化、遲鈍的大師姐靜玄，一群沒主見的同門，還有一個嫉妒成性、慣於內鬥和害人的丁敏君，時時刻刻和你作對。

在峨嵋派這樣一個所謂的娘家裡，周芷若號稱是「師父最喜愛的弟子」，其實除了為自己招來許多嫉妒，她沒有感受到什麼溫暖，連一個說心裡話的人都沒有，時時刻刻都要想著自保和自全，不要觸怒狠辣的師父、善妒的師姐。

對這種女生來說，一旦感情上的境遇不好，天地間就立刻一片冰冷，沒有退路。她們往往只能強化一種選擇：要變狠，要變硬，要變強，否則就無法自保。必須爭取一切可以爭取的，戰鬥一切可以戰鬥的，拚命往極端上走。所以到了後來，趙敏的心機和能量都用於開開心心和男人調情，而周芷若的心機和手段，則用在了自衛和復仇上。

最後，周芷若如願煉成小女魔頭。她沒有饒過那些「娘家人」，第一件事就是鐵腕治理峨嵋派。

當年哪怕是在滅絕師太統治下的峨嵋，女弟子們也有活蹦亂跳、嘁嘁喳喳的時候。可是，在周芷若的管理下，峨嵋的氣氛變得肅殺可怖，甚至是陰風慘慘、鬼氣森森，弟子們一個個也都變得冷峻、狠惡，也不知道經過了她什麼樣的辣手整肅。

還有那個宮鬥女王丁敏君，以前一直欺負周芷若，後來憑空消失了，連她的下場也沒有交代，不知葬身何處。

這對於周芷若和峨嵋來說，都是憾事。扭曲了我，消滅了你，大家都沒有好結局。因此一句話，娘家人好不好，真的很重要，再內心強大、貌美如花，也需要有一個好娘家。

第16章

好人邏輯：我的本質是好的，都是被你帶壞

——《倚天屠龍記》趙敏

同性之間，永遠有一些默契、理解和共鳴，可以超越競爭。

在一些「正派人」的眼裡，自己人倘若變壞，一定不是他自身的原因，必定是被壞人所誤；好男人倘若變壞，自然是被壞女人所誤。

在這裡，我想單獨聊聊《倚天屠龍記》裡，趙敏曾說過的一句話。這是一句耐人尋味的話，因為是趙敏主動為情敵周芷若說的。

凶惡狠霸的紹敏郡主趙敏，居然為情敵說話，是不是很讓人好奇，究竟是什麼話？

趙敏說這句話時的背景，是自己被武當派冤枉了。當時，武當遭遇門戶大變，七俠莫聲谷（按：張三丰的第七個徒弟）被害。武當四俠起初認定凶手是張無忌和趙敏，一路糾纏追擊。

不久後真相大白，凶手竟然是武當弟子宋青書。原來宋青書為情所困，淪為痴漢，跑到峨嵋女生寢室去偷窺周芷若。師叔莫聲谷發現後，非要追查此事，宋青書狗急跳牆，終於弒叔。

換句話說，這是一起因為感情問題導致心理變態，最後事態升級而釀成的血案。

武當四俠得悉實情後，明白錯怪張無忌和趙敏了，自然是老臉一紅，挺不好意思。四個叔叔對張無忌致了歉，溫慰了幾句，踏上了追捕真凶宋青書的路途。

故事到這裡，本來便告一段落了，然而，有趣的是，趙敏忽然說了一句話：

我說啊，宋大俠他們事後追想，定然不怪宋青書梟獍（獍音同靜）心，反而會怪周姊姊紅顏禍水，毀了一位武當少俠。

這句話說得有趣，可以說是牢騷、不滿、憤懣、委屈、惆悵傾瀉而出，說得痛快，說得好，說得妙。

解釋一下何謂梟獍之心。梟和獍，一為惡鳥，生而食母；一為惡獸，生而食父。梟獍之心就是叛親無義的意思。

換作別人，可能會藉機對情敵落井下石，說幾句：「看吧，早就看出周芷若不是什麼好東西，不然為什麼宋青書不去偷窺別人，而偏偏是去偷窺她？」

然而，趙敏沒有這樣說，反而很能理解並同感周芷若的處境，並且惡意揣測武當幾俠的心態，認為他們心想：「我們宋青書好端端的，都是被周芷若給毀了。」

那麼，這種揣測是否起於小人之心？還真不是。就在此前不久，四俠說起張翠山，結論就是「惑於美色，鬧得身敗名裂」；然後又拉著張無忌嘀嘀咕咕，要他遠離趙敏：

> 這趙姑娘豺狼之性，你可要千萬小心。宋青書是前車之鑑，好男兒大丈夫，絕不可為美色所誤。

站在四俠張松溪的立場上，似乎也不能說他錯。但倘若站在周芷若的角度，就覺得很討人厭。何謂為美色所誤？明明我才是受害者，怎麼倒成了美色？

我人在家中坐，禍從天上來，莫名被你師侄偷窺，將來還不知要面臨多少江湖謠該，怎麼最後反倒我成了美色、成了誤人者？我到底是原告，還是被告？

這是一種常見的思考方式：好人倘若變壞，一定不是因為他自己，乃是被人所誤；好男人倘若變壞，自然是被壞女人所誤。

《紅樓夢》裡，賈寶玉跑去勾搭金釧，結果母親王夫人發現後翻身就給金釧一記耳光：「下作小娼婦，好好的爺們，都叫妳教壞了。」

在家長的眼裡，男孩子本來都好好的，都是被金釧兒之流的「下作小娼婦」教壞。就好比在武當四俠眼裡，他們的青書侄子自然也是好好的，一身正氣、一塵不染，都是被周芷若帶壞了。

古代的皇帝不壞，是被壞女人魅惑的。近代的貪官不壞，是被壞商人誘惑的。類似種種，不都是這種論調的延續嗎？

這種論點有個特點，就是永遠剝奪他人做好人的機會。倘若宋青書這種人永遠是君子，那就是抵禦住了誘惑。倘若沒有做成君子，那就是被別人禍害、腐蝕了。

自己人的本質永遠是好的，而對方的本質永遠是壞的。自己永遠是被動的受害者，而對方永遠會主動施暴，這就是所謂的「好人邏輯」。

事實上，趙敏會突然冒出這句同情周芷若的話，主要還是為了自己，因為她也是在為自己說話。

《倚天屠龍記》所有女人之中，誰背負的誤會和罵名最多？顯然是她自己。一路走來，她已經聽過太多「妖女」、「魔女」、「賤人」之類的謾罵，都已經聽習慣、不以為忤了，只奈何身邊的張無忌也冤枉她，認定她殺了表妹，甚至劈劈啪啪打她耳光。

趙敏再雲淡風輕，再皮厚麻木，也總要自憐自傷，總會委屈痛苦。這句話，她實在忍了好久，所以在這個瞬間，情緒湧上心頭，抓住機會把武當四俠這種正人君子譏誚一番。

而且，這段話也是在提醒張無忌，周姊姊會被誤解、被委屈，我也同樣會被誤解、被委屈。倘若哪一天我被委屈了，你要識得我的委屈。

這個女人還是大度。如果換了心眼比較多的人，可能就像我們前面說的，藉機對情敵落井下石。

然而，趙敏卻沒有。**同性之間，永遠有一些默契、理解和共鳴，是可以超越競爭的，**恰似趙敏的這番話。

第17章

「不識張郎是張郎」，是一個男子的自我救贖

——《倚天屠龍記》殷離

草如茵，松如蓋，西陵下，風吹雨；彷彿是無物結同心，
煙花不堪剪；彷彿是不識張郎是張郎。

「殷離復活」這個故事，可能只是張無忌內心深處為自己設計的一場解脫。它被打扮成一個美好而遺憾的樣子，叫做「不識張郎是張郎」。其實，不過是這個負疚、痛苦、無能又無力的男子，終於要徹底逃避和遺忘了。

在《倚天屠龍記》的結尾，有一段淒婉又讓人唏噓的故事，叫「不識張郎是張郎」。張無忌有個表妹叫殷離，一直深愛無忌，卻不幸被人害死。在小說結尾，她居然復活了，還告訴張無忌：我不愛你了，你不是我小時候愛的那個人了，你不是和善的曾阿牛，不是倔強的小張無忌了，我放你去飛。

這一段故事，兒時讀了覺得很感動，後來卻越看越覺得詭異。明明已經屍骨早寒的殷離，像是帶著使命一樣，從千里之外的亂石堆裡爬出來，不辭辛勞的爬上少室山，來到情人面前，交代了幾句話後就輕飄飄的走開。從出場到離去，都透著一股鬼影幢幢的虛幻。

事實上，有一種可能是：殷離根本就沒有復活。她的現身，乃至這整個不識張郎是張郎的故事，都是張無忌的精神幻覺。

殷離之死，發生在一個無名海島。她死的時候，是張無忌眼睜睜在旁看著咽氣的，查驗無誤才下葬。

張無忌醫術之高、內功之深，當世不作第二人想。這樣一個大高人，連人死沒死也能看錯？況且張無忌還用亂石塊埋了她，即便埋得再淺，按文中說法也有兩尺。再者，埋人也不大可能純用石塊，總要用土的，殷離豈有生理？

再者，殷離也不大可能出現假死的情況。假死一般出現於猝然的損傷，比如溺死、窒息而死、觸電、中毒等。《天龍八部》裡馬夫人看鏡子被自己醜陋的樣子嚇死，說是假死倒有可能。而殷離是傷上加傷，高燒昏迷了多日，又被周芷若拿倚天劍劃了十幾道，如何假死？

退一步說，就算沒死透，也不太可能活著回來。海上一個無名孤島，沒有淡水，沒有藥品，沒有食物，壓在石堆裡好幾天，醒後虛弱至極的小姑娘，怎麼回來？

當然了，永遠不排除有人間奇蹟。但相比於奇蹟，有一種更現實的可能性：明明死透了的殷離之所以能復活、回來，不過是因為有一個人心裡想要她回來，所以她就回來了。這個人就是張無忌。

殷離回來的那晚，本身就極為詭異。當時，少林寺殿上正在進行一場超度法事。那場超度本是周芷若要求的，而周芷若恰恰就是殺殷離的凶手。周芷若當時精神狀態極度糟糕，驚魂未定的來尋張無忌，語無倫次、神情錯亂，說有惡鬼來索命。

她虧心事做太多了，已是兩手沾滿鮮血，殺人、傷人無數。殷離、杜百當、易三娘、司徒千鍾、丐幫龍頭……許許多多無辜之人的慘死，要不是她直接下手，要不是縱容屬下所為，不知名的遇害者不知還有多少。

虧心事做多了，總會良心難安，精神扭曲、疑神疑鬼便很好理解。光是少林寺弟子曬的僧衣，夜間在她身旁飄過，都能把她嚇個半死。

受到驚嚇後，周芷若六神無主，認定是殷離來索命，於是一股腦兒把當日在小島上如何殺害殷離、盜取屠龍刀的事全向張無忌吐露。

這件事本就是張無忌心中的巨大負擔，但他卻一直選擇裝糊塗，一味的迴避。他懼怕真相，不敢面對，渴望就此糊里糊塗、不明不白下去。然而，周芷若在極度恐懼下的自陳罪狀，讓真相完完全全擺在張無忌面前，再也不容迴避。眼前這個女人殺害表妹，隱匿惡行，嫁禍他人，罪大惡極。

原諒她嗎？那如何面對慘死的表妹殷離？自己又有什麼資格替殷離原諒？不原諒她嗎？一掌擊死她嗎？但那又是張無忌絕不肯幹的事。

所以他痛苦、糾結、顫抖、戰慄。那一刻，崩潰了的已經不是周芷若一個人，而是兩個人了。

看當時的情景，少林寺大殿中誦經聲陣陣，數百名僧人身披黃袍，合十低念。殿中蒲團上，周芷若跪倒懺悔，供桌上赫然供著「女俠殷離之靈位」，如同招魂。這個靈位，更加刺激了張無忌。

他迷惘的問空聞：「方丈，人死之後，是否真有鬼魂？」空聞說：「佛家行法，真正超度的乃是活人。」

哪個活人最需要超度呢？張無忌。

然後，殷離就出現了。遲不出現，早不出現，在法事大作、陰風陣陣的時刻出現，恰恰在張無忌壓力最大、精神最恍惚迷離的時候現身。張無忌看見了她，周芷若也覺得看見了她，然而，注意書上的一句話，「空聞和群僧都沒見到」。

怎麼會旁人都沒見到，就只有精神恍惚的張無忌、周芷若見到了？群僧看不見也罷了，空聞是少林方丈，內功、眼力都臻化境，怎麼會沒發現區區一個殷離偷窺？

然後，夤夜（按：夤音同銀，指深夜）之中，少林山道上，詭譎程度達到高潮，張無忌真的見到殷離了，而「復活」的殷離說了兩件事。

第一，我沒死。第二，我不愛你了，你不是我愛的那個張無忌了。她隨即飄然而去，徒留張無忌佇立原地、滿心悵惘。仔細一琢磨，這兩件事究竟是誰最願意看到的？是誰內心深處最渴盼的東西？恰恰是張無忌！

他極度渴望殷離未死，因為這樣一來，便可以大大減輕周芷若的罪行，他就可以不用手刃千嬌百媚的周姑娘，可以逃避為表妹復仇一事。

他還極度渴望殷離放下對自己的愛，不要再痴纏自己。因為他本來就不喜歡殷離。當年他和殷離曾在糊里糊塗的情況下有過一段婚約，這個婚約一直是他的道德枷鎖，是他沉甸甸的負擔。

殷離復活了固然好，可是婚約怎麼辦？於是，復活的殷離如他所願，說出那一番他渴盼已久的話：我不愛你了，我放下你了，我不識張郎是張郎。

一次復活，消除心中兩大負擔，還有比這更完美的復活嗎？相比於近乎神蹟的「殷離沒死」，這是不是更像張無忌的一次精神幻夢，一次內心深處願望的瘋狂暗示和投射？

張無忌是在什麼時候開始，出現精神上的幻想？有兩種可能性。

一是在少林寺的法會現場上。他之前先尾隨了一個很像殷離的「黑衣少女」，這時精神狀態已經不穩定了。待到了少林寺法會上，現場強烈的氣氛，加上那一番和空聞大師關於魂魄的對話，都極大的感染和暗示了他，使他出現幻覺，隨即殷離復活。

除此之外，還有另一種可能，那便是整個少林法會的現場，包括和空聞大師的對話，以及後來遇見殷離的全部過程，統統都是幻覺和迷夢。有依據嗎？也有，因為在這之前，張無忌恰恰是疲憊之極，睡了一覺：

找到一根橫伸的枝幹，展身臥倒。

勞累整日，多經變故，這一躺下，不久便沉沉睡去。

後來的一切故事，都是在這一覺之後。張無忌自以為在中夜醒來，一路尾隨一名疑似殷離的黑衣少女，然後進入少林法會，再遇見殷離復活並與之對話，還有趙敏旁聽等，都是在他沉沉一覺之後。焉知張無忌是夢、是醒？是真、是幻？

所以，也許根本沒有什麼不識張郎是張郎，根本沒有什麼表妹復活。在遙遠的海島上，一生情路苦澀、飽受創傷的殷離骨骸已朽。這邊則只有一個活著的無忌哥哥，要逃避內疚、洗脫罪責、卸下道德枷鎖、強行讓自己釋懷，於是在恍惚之間、迷離之中，幻想和投射了一個虛無的復活故事。

這個故事，是張無忌內心深處為自己設計的一場解脫。它被打扮成一個美好而遺憾的樣子，彷彿是那首詩，草如茵，松如蓋，西陵下，風吹雨；彷彿是無物結同心，煙花不堪剪（按：以上詩詞出自唐代詩人李賀的《蘇小小墓》，透過對蘇小小墓地景色的一系列奇特幻想，塑造一個美麗而寒森的女鬼想像）；彷彿是不識張郎是張郎。但實際上，那不過是張郎對自己的救贖而已。

一個負疚、痛苦、無能又無力的男子，終於要原諒自己了。這就是全部的真相。

第18章

善妒，不會讓你成為賢能，只會淪為「棍子」

——《倚天屠龍記》丁敏君

不要當別人的「棍子」，風險太高且收益太低。

當別人的棍子，風險極高且收益很低。你的野心和善妒，有可能會被上司或同僚利用，讓你充當打手，白替人做粗活，就像丁敏君枉自做了一輩子粗活一樣。

峨嵋派的丁敏君，是一根「棍子」。棍子就是她的屬性和定位。

在峨嵋派，她資質平平，武功也差，但卻堪稱是最有存在感的一個，經常上躥下跳、攪風攪雨。因為她是棍子。

所謂棍子，就是專門打擊同門、中傷同門的人，丁敏君在書中就是這樣的角色。峨嵋的兩個同門師妹紀曉芙、周芷若都被她重手打擊過。

棍子之所以成為棍子，是因為他們往往有兩個特點：一是有野心，二是善妒。丁敏君就是這樣。她本事平平，卻覬覦峨嵋掌門人的位子，一心想要那個掌門鐵指環，這是有野心。然而，有野心未必就會成為棍子，還必須加上一條善妒。哪個同門要是發展得好、進步得快，她就妒火中燒、食不知味。

如此一來，就漸漸走上了和人作對到底的棍子之路。他們的如意算盤往往是這樣：打掉那些當紅的、優秀的、仁柔的，掃清路上的一切障礙，讓我取而代之。

紀曉芙得寵的時候，她就針對紀曉芙，告刁狀、下黑手。後來，紀曉芙死了，改為周芷若當紅得寵了，她又針對周芷若，煽動同門一起來針對她，給她扣上種種帽子，比如私通魔教、來歷不正等，好剷除這個絆腳石。

棍子的這種算盤，看上去似乎很美——幹掉了前面的，不就剩下我了嗎？但這也是最常見的錯誤認知，棍子往往不知道，他們並沒有收割權。丁敏君就是這樣，只有摧毀權，沒有收割權。

她不明白的是，棍子之所以能為棍子，不過是因為主人需要。在峨嵋派，主人便是師父滅絕師太。

主人往往並不愛棍子，也不在乎棍子。滅絕師太愛丁敏君嗎？很器重丁敏君嗎？半點也不。且看：

丁敏君恨恨的道：「他便是不敢和師父動手過招，一味奔逃，算什麼英雄？」滅絕師太哼了一聲，突然間啪的一響，打了她一個嘴巴，怒道：「師父沒追上他，沒能救得靜虛之命，便是他勝了。勝負之數，天下共知，難道英雄好漢是自己封的麼？」丁敏君半邊臉頰登時紅腫。

一言不合，就是一巴掌。滅絕師太對丁敏君有好感嗎？

對於丁敏君這個人，其實滅絕師太從頭到尾，正眼都不曾看過。丁敏君天分低、資質差、野心卻很大，滅絕師太也瞭若指掌。滅絕師太後來私下誇讚周芷若說：「妳天賦高，武功以後會遠遠在那些師姐之上，那些師姐前途有限。」這些前途有限的師姐裡，不就包括丁敏君嗎？

真要選峨嵋接班人，滅絕師太不管怎麼考慮，也不會考慮到丁敏君。

那麼，她為何又一直縱容丁敏君？無非是四個字：治理需要。所以，棍子必須發揮棍子的作用。

首先，棍子的第一個作用是告密。

滅絕師太對峨嵋派實行的是高度緊張、極致嚴苛的管理。而要實現這種密不透風式的管理，最重要的前提是老闆必須充分掌控資訊，必須對廣大弟子私下的言行舉止、個人情況、思想動態瞭若指掌，一點一滴都要知道。

所以，她就需要丁敏君這種告密者。而丁敏君恰恰就樂意幹這種事，平日不好好練功，不認真鑽研業務，心思全放在盯梢同事身上。不管你是打瞌睡，還是上班沒打卡，她都拿小本子記著，天天找你毛病。紀曉芙腰身寬了兩釐米都要被丁敏君查，最後硬是抽絲剝繭，扒出了她和魔教楊逍私通、未婚生子的大八卦。

沒有了丁敏君這種「密探」，滅絕師太如何能做到全知全能、大事小情完全掌握？又如何能全面掌握手下的一切小辮子，當得成生殺予奪、一任己意的鐵血老闆？

除了告密，丁敏君的第二項功能就是咬人。

她的咬人，其實是代老闆咬人。老闆要敲打誰，她便上去敲打；老闆要置誰於絕境，她就先提供罪證，然後撲上去猛咬，忠實的行使一個棍子的天職。然而事實上，對每個人敲打到什麼地步，棍子本身說了並不算。

當揭發別人的秘密、上去敲打別人的時候，丁敏君會產生一種幻覺，覺得自己很強大。就好像她欺辱紀曉芙的時候，覺得自己予取予求，而紀曉芙只能哀哀告饒、輾轉呻吟。然而，現實很快給了她一個教訓：**棍子永遠不能真正傷害老闆要保的人，除非老闆自己放棄他。**

故事中，有這樣發人深思的一幕：當紀曉芙被揭發和魔教徒私通生子之後，滅絕師太及時的出現了。

師太嚴肅的找紀曉芙談心，要求她戴罪立功，去刺殺魔教徒，而且，居然給出這樣的承諾：

「好，妳失身於他，回護彭和尚，得罪丁師姐，瞞騙師父，私養孩兒……這一切我全不計較。我差妳去做一件事，大功告成之後，妳回來峨嵋，我便將衣缽和倚天劍都傳了於妳，立妳為本派掌門的繼承人。」

看到了沒？滅絕師太已然掌握了紀曉芙的全部罪證，甚至可以說是彌天大罪，但只用一句話就輕輕掠過，朕全不計較，只要戴罪立功，照樣傳你衣缽和倚天劍，立你為掌門接班人。

聽到這幾句話，峨嵋派上上下下大為驚愕。丁敏君聽了，更是妒恨交迸，「深怨師父不明是非，倒行逆施」。

只要是師父願意保的人，你拚命的抹黑，又有什麼用呢？師父一句話說全不計較，就是全不計較，到頭來照樣傳給衣缽。丁敏君下了那麼大功夫，花了那麼多努力，徒然化為流水。

這哪裡是什麼「倒行逆施」呢？這明明就是遊戲規則。滅絕師太明白誰是賢能、誰是棍子。**賢能可以毀滅，可以另選，而棍子只能是棍子。**

不妨進一步猜想，倘若紀曉芙不是過於倔強、死不低頭，那麼峨嵋極有可能會發生更令人深思的一幕：紀曉芙回來接受了衣缽和倚天劍，做了接班人，繼續當滅絕師太的好徒弟。而丁敏君呢？則很有可能被師父當成給接班人的禮物而拋棄，甚至被殺！因為紀、丁已然無法共存。棍子不能用了，就得拋棄！

這種拋棄棍子的事，歷史上屢見不鮮。武則天想要鞏固權力，就大興告密之風，重用酷吏周興、來俊臣、索元禮；等到大局已定，要收攏人心，彌合和臣民的關係，就拋棄了這幫酷吏。周興、來俊臣、索元禮等都受酷刑而死，這些人其實就相當於峨嵋的丁敏君。

後來，倔強、不服軟的紀曉芙被滅絕師太殺死，滅絕師太重新選擇的接班人是周芷若。至於丁敏君，完全不在考慮範圍之內。

丁敏君又故技重施，開始針對周芷若。然而周芷若身段靈活得多，一直很懂得配合滅絕師太。最後在六合塔上，滅絕師太傳位給周芷若，賜予掌門鐵指環。

這一刻，幾乎等於是宣判了丁敏君的死刑。周芷若上臺了，棍子丁敏君何以自處？滅絕師太宣布任命、交代遺囑的時候，可有半句提到丁敏君？可有半句念及丁敏君這些年來，一直兢兢業業的向自己告密，替自己咬人、拍馬、衝鋒陷陣的辛苦，為她在周芷若面前做哪怕一點開脫、說半句好話？可有提上哪怕半句「芷若，那丁敏君畢竟是妳師姐，脾氣雖然臭，但也不算太惡，妳饒她一條生路吧」？有嗎？沒有。拋棄了就拋棄了，正眼也不瞧。

後來，周芷若執掌峨嵋、鐵腕治軍，而丁敏君再也沒有出現，這個師姐就像憑空消失了一樣，查無此人。周芷若自然也需要自己的棍子，然而，那會是新的棍子了。

丁敏君的故事，對職場中人也是一個啟示，那就是：**不要當別人的棍子，風險太高且收益太低。**

《紅樓夢》裡，趙姨娘受了利用和挑唆，衝上去當先鋒，和寶玉寵愛的芳官打架。探春（按：趙姨娘生女，為賈寶玉的庶出妹妹）說了一句話教訓趙姨娘，很值得玩味：

我勸姨娘別聽那些混帳人的挑唆，沒的惹人笑話，自己呆白給人做粗活。

你的野心和善妒，有可能會被上司或同僚利用，讓你充當打手，白替人做粗活，就像丁敏君做了一輩子粗活一樣。

第19章

一味犧牲自己，也成全不了愛情

——《倚天屠龍記》王難姑

如同海水和礁石互相擁抱，親密無間而又勢均力敵，
才是一對好的伴侶。

要就事論事，不要一概用感情問題去歸因別的問題。

來說一個《倚天屠龍記》裡很有意思的女性，她叫王難姑。有些讀者對這個名字有點陌生，她出現的場景確實不多。

這個人是「蝶谷醫仙」胡青牛的妻子，在小說和電視劇裡總共也沒有幾場戲，大家可能沒印象，但是她的故事卻很值得分享。

王難姑是神醫胡青牛的妻子，也是他的師妹。這兩人雖然是師兄妹，但和令狐沖、岳靈珊這種師兄妹不同，他們兩人除了學武，還另有專業：胡青牛是鑽研醫術的，專門救人；王難姑則鑽研用毒之術，專門下毒。

本來這樣挺不錯，彼此可以互補，技能不會太重複，而且兩個人的專業技術都很強，一個叫醫仙，一個叫毒仙，聽上去很美。可是，壞就壞在，醫術和毒術除了互補，還會相剋，而王難姑又是個特別爭強好勝的人，這就麻煩了。

這兩個人結為夫妻，日子就不消停了。原本他們感情不錯，平時也恩愛。然而，王難姑偏偏在專業技術上過分要強，非得讓她使毒的本領贏過師兄胡青牛救人的本事。只要她毒了某個人，胡青牛就不能醫治，哪怕是事先不知情，治好了也不行，王難姑就會覺得丈夫是故意的，是要壓過自己，她就賭氣、鬧事，離家出走，無理取鬧。

後來，王難姑越鬧越凶，故意去找無辜的人下毒，好讓胡青牛治。胡青牛一旦治好，她就憤怒不已，越發大鬧。發展到最後，王難姑乾脆為自己下毒，讓胡青牛治。

這簡直就是一道無解的題目，胡青牛怎麼做都不是：要是治不好，老婆就會毒發身亡；如果治好，那麼就顯得你的本事超過了老婆，你老婆就會繼續胡鬧，你的生活永無寧日。在小說裡，胡青牛把心一橫，怎麼辦？自己也服毒，跟著老婆一起死，大家圖個永久清靜。

當然了，這一次他們僥倖雙雙得救，沒有死成，但後來夫婦倆仍然不得善終，被仇家所殺，而他們與人結仇的原因，歸根結柢仍然與夫妻間的鬥氣有關。也就是說，王難姑和丈夫鬥氣，最終仍是把感情連同生命一起葬送了。

王難姑的情感故事堪稱悲劇。其根源何在呢？我覺得她有一種病症，可以稱為「被歧視妄想症」。她總是懷疑胡青牛看不起她。在王難姑眼中，胡青牛的任何舉動都成了看不起自己的證據。

現實生活中，不少人就有這種毛病，總懷疑別人看不起自己，導致自己的心態也扭曲變形，無謂和人鬥氣。不妨把這種病稱作「王難姑病」。

本來醫術和毒術就是兩門技術，根本沒必要直接競爭。再說了，夫妻倆都是各自領域的頂尖高手，一個羽毛球冠軍，如果老覺得乒乓球冠軍看不起你，非要跟人家比賽，有什麼意義？而且，王難姑的比賽既不能不參加，又不能退賽，丈夫要是認輸、退賽，王難姑就說你不屑跟我比，打從心底看不起我。

來看看她丈夫胡青牛都被逼成什麼模樣，每次和妻子說話，他言必稱自己豬狗不如，每一句都要強調自己「對不起愛妻」，但凡坐診時碰見中毒的患者，就以為是王難姑設置的考驗，好好的一部言情劇，硬是被女主角演成恐怖片。

那麼，除了被歧視妄想症，王難姑還有什麼毛病？就是從不去用心了解胡青牛。胡青牛是鑽研醫術的專家，一旦遇到疑難雜症，比如有人中了奇毒，就會像數學家看到誘人至極的難題一樣，廢寢忘食，痛下苦功，不解出來便心癢難耐。王難姑作為一名專家，應該要很能設身處地、感同身受才對，而不會把丈夫這種對技術的追求，扭曲成想超過自己、壓過自己。

感情生活中，有一點很重要，便是**要就事論事，不要把感情上的問題，刻意投射到其他面向上**。

王難姑就喜歡把感情和別的問題攪和在一起：你跟她談夫妻感情，她跟你說我們來比劃一下到底誰的業務強；你跟她講業務，她又覺得你要是跟我感情好，為什麼一定要跟我爭強好勝。總而言之，你永遠都沒辦法和王難姑在一個頻率上好好對話，她的邏輯既游離又自我中心，行為一下飄忽、一下堅定，活生生的把一樁大好姻緣毀掉。

說到這兒，不妨多講兩句。王難姑的爭強好勝，至少比較容易察覺，她在「大處」爭強好勝，也就是想在事業方向、人生的主航道、關鍵的專業技術領域上贏過對方，比如和對方爭學歷、爭事業進步、爭研究水準。這一類爭強好勝，本人相對容易察覺，假如我有這個毛病，我自己也會知道。

在生活中，還有另一類爭強好勝，破壞力更大，叫做處處爭強好勝。比如一個家庭成員特別有勝負欲，潛意識裡老覺得自己強、別人弱，可是他又不像王難姑那樣有真本事，事實上，他可能沒有任何實實在在的本領，根本無法證明自己的優越，那他就會變得在生活中處處爭強好勝，習慣抓住各種小機會貶損他人、抬高自己。

比如一些人處處找架吵，一些人控制欲過度旺盛，一些人總是處處否定他人。從心理學上說，其根源往往都來自這裡，在潛意識裡，都是想藉由貶損別人，證明自己優秀。

以找架吵的人來說，每個人都怕這種吵架王，他們是怎麼來的？說白了，就是極度吝於肯定別人，想抓住一切機會表現自己。這些人自己提不出什麼觀點，別人一旦提出來了，又不願意肯定、附和，所以就跟對方唱反調。

這種爭強好勝的破壞力可能比王難姑更大，因為本人根本意識不到。那些人能意識到自己在找架吵嗎？意識不到，所以也就改正不了。

說回王難姑，她的悲劇結局也不完全是自己的責任，她的丈夫胡青牛也有責任，就是一味的縱容她、容忍退讓。

胡青牛這個人毫無原則和底線，王難姑如何無理取鬧，他就如何退讓，在他口中，妻子永遠沒錯，只要妻子開始胡鬧，他就必定說自己豬狗不如、毫無人性，把王難姑慣得更加得寸進尺。

看看金庸小說裡，但凡感情美滿順利的，雙方都各有自己的原則和底線。郭靖愛黃蓉，但是有自己的原則和底線。令狐沖愛任盈盈，也有自己的原則和底線。小龍女愛楊過，也有自己的堅持。這樣的愛情其實才穩固。

如同海水和礁石互相擁抱，親密無間而又勢均力敵，才是一對好伴侶。假如換成海水和沙子，便愛不起來了，幾個大浪下去，沙子就沒了。**一味的犧牲根本成全不了愛情。**

胡青牛自己沒有原則，放棄邊界，王難姑也就失去了對雙方關係的尊重。她就靠不斷的踐踏、衝撞胡青牛的邊界，來滿足自己的自尊。這個婚姻就這麼垮了。

懦夫沒有能力言愛。愛對方需要力量和能力。愛對方，首先要懂得自愛，要先學會愛自己、愛邊界。否則，你沒有能力愛對方，也無法給對方真正的安穩和幸福，就像胡青牛一樣。

第20章

《倚天》中，唯一沒有放棄事業的女性

——《倚天屠龍記》滅絕師太

把職場理想堅持到底。

整部《倚天屠龍記》，就是一部女性事業的潰敗史，書上的女性統統放棄了事業，除了滅絕師太。

整部《倚天屠龍記》，就是一部女性事業的潰敗史，從主角到配角，全面潰敗。殷素素、趙敏、黛綺絲、小昭、紀曉芙……幾乎書上所有有事業的女性，都是一見到男人就像被點了死穴，理想不要了，事業也不要了，有辭職談戀愛的，有叛變結婚的。就像《紅樓夢》裡賈母所說的那樣，一旦見到一個稍微標緻的男人，就鬼不成鬼、賊不成賊了。

比如趙敏，大為潰敗。她曾是朝廷郡主，氣派極大，智計百出，曾統率群雄，承包了朝廷的全面剿匪工作，和明教、武當等結結實實打過幾次仗。書中周顛評價她說：一個小女子，勝過十個大丈夫。擱到現在，她也是個了不起的管理人才。

剛出場時，趙敏還為自己規畫過事業藍圖：「我的祖先是成吉思汗大帝，是拖雷、拔都、旭烈兀、忽必烈這些英雄。我只恨自己是女子，要是男人啊，可真要轟轟烈烈幹一番事業。」

可是後來的故事，讓人懷疑趙敏當時這番話簡直是拿簡報瞞騙投資人。遇到張無忌之後，趙敏原有的剿匪志向就開始走偏，滿心都撲在張無忌這個小匪首身上，之前的事業心一秒煙消雲散，理想也不要了，什麼拖雷、拔都、旭烈兀，對不起，這些老人家是誰？

最後她跟父兄決裂，背叛了朝廷，完全放棄了職業理想，變成了「嫁雞隨雞，嫁狗隨狗，是死是活都隨定張公子了」。

在《倚天屠龍記》裡，這種事情反復發生。基本上，所有女孩子的事業都可以隨便拋棄，一秒就能丟垃圾桶。

紀曉芙，也是潰敗，本來是峨嵋接班人，但認識楊逍之後，班也不接了、師門也不回，生孩子去了。

黛綺絲，潰敗！她的職業前景本來極其光明，身為波斯總教的聖女，是波斯明教欽定的未來教主人選之一，可是為了跟東海一個島民韓千葉在一起，忽然放棄了一切，甚至不惜改變容顏、隱居荒島。

小昭基本上也踏上了母親黛綺絲走過的路，一個極有韜略的女孩子，見到了跟自家小姐楊不悔關係曖昧不明、不清不楚的老相好張無忌，母親也不要了，任務也不要了，事業都成了屁。

後來，她還算是唯一有事業的女性，回波斯去接班，當了明教總教的教主，臨行前卻哭哭啼啼，說什麼「寧願當你的小丫頭」。等於是總公司的老闆不愛當，寧願去當分公司的櫃檯，就因為愛上了手下一個區經理，簡直就是一齣《我的老闆是女僕》。

至於殷素素，同是潰敗！她本來也極有事業心，非常能幹，在天鷹教任紫薇堂主，殺伐果斷、指揮若定，然而遇到張翠山，從此改邪歸正，一心洗白，甚至男人一死，就連兒子都不要了，直接割頸自盡。

這真是讓人疑惑：每一個人的事業都不是撿來的，都是流血、流汗拚出來的。殷素素、黛綺絲，個個是刀頭舐血撐過來，怎麼放棄起來如此容易，連一點掙扎和猶豫都沒有？男人真的這麼誘人嗎？

她們之中，許多人還有為數不少的追隨者。在職場上，每一個強人代表的都絕不僅僅是自己，而是和自己綁定的一大群人的共同利益。殷素素的手下就有許多壇主，如常金鵬、白龜壽等，他們都指望跟著殷素素步步升遷。趙敏手下有玄冥二老、阿大阿二等，也是相似的情況。

底下的人也不容易，跟著主子東奔西跑、流血流汗，不外乎就是圖個升職加薪、事業再發展。然而，主子為了談戀愛就不辭而別，業務停滯了，甚至整個部門都要被裁員，底下的人又怕又傻眼：「你不要事業了，我們要啊！職業前景怎麼辦？房貸怎麼辦？孩子上學怎麼辦？」

說到這兒，我滿同情玄冥二老的，一把年紀了，跟著趙敏打打殺殺好些年，就圖個人生最後的機會。結果，趙敏拍拍屁股走人，改當叛徒，這可嚴重了，一弄不好，公司就得歇業整改，甚至還要倒閉關門。兩人過去的血汗功勞還算嗎？國家還承認嗎？

相比之下，《倚天屠龍記》裡的男人們就不一樣了，愛情當然要，可是放棄事業卻幾無可能，除了宋青書，其餘男人必定是事業也要、愛情也要，務必兩開花。

張翠山從冰火島回來，第一件事就是回武當，問師父我這個曾經的紅人現在還紅不紅，還是不是你心腹。

楊逍和紀曉芙私通，兩個人的下場大相徑庭。紀曉芙選擇不當峨嵋接班人，楊逍卻從沒放棄過事業，照樣把「光明左使」這樣的光桿二把手當得滋潤，還練乾坤大挪移。

這麼說起來，張無忌算是最欠缺事業心，百般不想當教主，可是他有為趙敏放棄一點事業嗎？沒有，該跟朝廷作對，還是跟朝廷作對，該救義父還去救義父。趙敏只要在感情上稍微逼迫得鬆一點、懈怠一點，他馬上就來那一套：趙姑娘，我必須對股東負責，妳把我忘了吧！

一部《倚天屠龍記》看下來，那麼多事業女性，最後能把職場理想堅持到底的，居然只有滅絕師太。

為這一點，向滅絕師太致敬吧！

第21章

打工仔如何在職場生存？避免過於入戲

——《倚天屠龍記》靜慧

做人莫要太天真，要知世事多變幻。

對於老闆們之間的愛恨情仇，有時候打工仔不能太入戲。

峨嵋派視明教為死對頭。

尤其是「逃婚事件」後，張無忌更成了峨嵋公敵，派中上下都恨張無忌。可是誰最恨呢？有人說肯定是周芷若，其實還真未必是。

話說逃婚發生之後，過了數月，藉著少林屠獅大會的機會，張無忌夜訪周芷若，一對冤家又見面了。

一個魔教教主，一個峨嵋掌門，白天在大會上還是死對頭，水火不容，可是到了深夜靜室裡，他們的互動卻曖昧得很，醋意和怨恨、舊情和新恨、套路和暗勁，都在這裡上演。周芷若還說出了那句很有名的話：「若是我問心有愧呢？」

說穿了，張無忌和周芷若這兩人只是相愛相殺、相互較勁的關係，他們是拆不開的，真的硬拆開，大家都不開心。

問題是，兩人的這層關係，趙敏懂，楊逍懂，峨嵋派裡層次較高的，比如貝錦儀等人或許也懂。然而，有一些人卻搞不懂，比如一個叫靜慧的峨嵋弟子就搞不懂。

靜慧不過是一個峨嵋普通女弟子，出場戲分不多，但很有看頭。她對張無忌的恨，倒是真恨：

靜慧站在門外，手執長劍，滿臉怒容的瞪著他。

這副如臨大敵但其實又不明真相的樣子，分外好笑。張無忌和周芷若聊完，周芷若喊送客，靜慧馬上又「喝道」：

張無忌，掌門人叫你出去，你還糾纏些什麼？

凶完了仍覺得不過癮，又趁機痛罵幾句：

當真是武林敗類，無恥之尤！

每次讀到這一幕，都覺得精彩之極，活生生的描寫出靜慧不明真相的憤怒與徒勞無益的姿態。

靜慧「手執長劍」，隨時蓄勢待發，好像要威脅和震懾張無忌一般，但所有讀者都知道那沒什麼用。以靜慧的本事，手上拿什麼寶刀、寶劍也威脅不了張無忌，換一把衝鋒槍還說得過去。

「武林敗類，無恥之尤」，罵得很爽，還加上三個字「當真是」。可是靜慧當真知道武林是什麼樣子嗎？何以總結出張無忌是敗類？張無忌又如何為禍武林？她全不明瞭。

無任何私怨，也無任何個人交集，靜慧何以這麼恨張無忌，認定他就是武林敗類、無恥之尤？因為旁人一直都是這麼告訴她的，門派關起門來一直都是這麼講的。從滅絕師太到周芷若，口口聲聲都是「反魔教」、「滅魔教」、「張無忌逃婚更是辱我峨嵋至極」等。略有不同的是，滅絕師太是真心反魔教，周芷若卻不是，但回家關起門來還是得講反魔教，這是傳統。

倘若換作是紀曉芙，雖然同樣是峨嵋弟子，但本身層次高一些，老爸是「金鞭紀老英雄」，見過世面，資訊來源比較豐富，她恨張無忌就不會恨得這麼深切。可是靜慧不行，她本身層次不高，又乏閱歷人脈，沒有別的消息來源，師父、師姐們關起門來說什麼，她就信什麼。

周芷若對張無忌一撇嘴，靜慧就以為掌門人真的生氣；周芷若叫送客，她就以為掌門人真的嫌棄張無忌嫌棄得要死，身為「娘家人」的責任感爆表，對張無忌更是恨得牙癢癢。最後她痛罵一句「無恥之尤」，過了嘴癮，覺得自己又給張無忌一個下馬威，表明了立場、展示了態度，好驕傲。

可是靜慧畢竟太天真，不知世事多變。幾天之後大轉折發生，峨嵋又和魔教和好了。

周芷若「縱身撲入張無忌懷中」，「感到他胸膛上壯實的肌肉，聞到他身上男性的氣息」，靜慧才剛剛痛罵過的武林敗類，又變成了周芷若口裡的無忌哥哥。

這可就尷尬了。峨嵋和魔教忽然搞好了關係，情勢急轉彎，被甩飛的靜慧怎麼辦？下次見到張無忌該如何是好？

後來，金庸再也沒有讓靜慧出場了，因為不好寫。她接下來該如何稱呼張無忌？是應該繼續怒目而視，還是改口親暱相稱，熱情的呼喊「張教主常來峨嵋看看」？都很尷尬。

說到此處，可能有人會為靜慧擔心，她傻乎乎的跟不上形勢，看不懂周芷若的真正心思，會不會被嫌棄，沒飯吃啊？這個倒可以放心，永遠有靜慧的一口飯吃。說白了，一個門派永遠需要聰明人和靜慧的適度調配，兩種人缺一種都不行。

前者如貝錦儀，頭腦清楚，人又溫和幹練，和張無忌從來不撕破臉，這種人可以幫忙謀劃、辦事。要和張無忌搞好關係時，就不妨讓貝錦儀去。

可是，一個門派裡全部是貝錦儀也不行，周芷若也需要靜慧這樣的直性子，在必要的時候狠起來，對著張無忌呵斥，痛罵其為武林敗類。說不定靜慧並沒有那麼傻，是故意做給周芷若看的也不一定。罵得越狠，措辭越厲害，就是對門派越忠心。

第22章

吃醋，有人吃得可愛，有人吃得沒教養

——《碧血劍》溫青青

一段感情裡，別人的道德感，比自己的美貌還要靠不住。

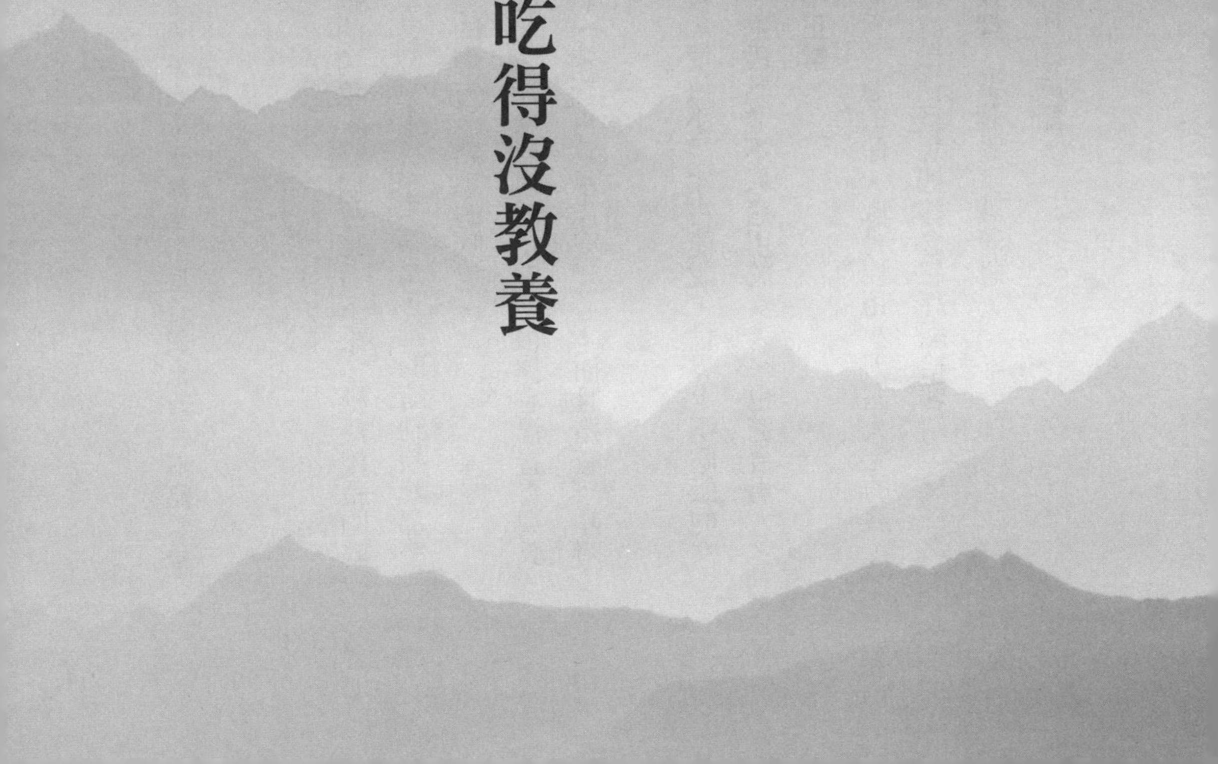

童年陰影可能一時半刻走不出來，但不能老走不出來，原生家庭這個東西，不能當藉口用一輩子。

溫青青是《碧血劍》的女主角，是個討人厭的角色。整個故事看下來，她最擅長的就是吃醋，從認識男主角袁承志開始就吃醋，一直到整本書結束為止，她的醋勁始終那麼大，而且吃醋的境界絲毫沒有提升，一直是原先的配方、熟悉的味道。

我看這部書的時候，簡直就像一個操心的父親。什麼意思呢？就是很擔心溫青青與袁承志未來的感情問題。他們是最讓人擔心的一對，總覺得袁承志要變心，而且還有一點暗暗期待他變心。

吃醋是錯的嗎？本來不是。吃醋是人之常情。武俠小說家古龍說，世界上不吃飯的女人或許會有幾個，而不吃醋的女人卻沒有一個。這段話並不只適用於女人，也適合男人。人非草木，孰能無醋？**遇到情敵，沒有醋意才不正常。**

回想黃蓉剛出場的時候也吃醋。她有一次吃穆念慈的醋，威脅要用小刀劃人家的臉，醋勁兒也不小。但那是什麼場景？是楊鐵心和丘處機執意想把穆念慈許配給郭靖，父母之命、媒妁之言都齊了，郭靖還一臉特別聽話的模樣，黃蓉看了就著急。

溫青青吃醋又是什麼情況呢？都是吃一些無厘頭的醋。

袁承志遇到兒時玩伴安小慧，多說了兩句，等於是幼稚園同學之間聊聊天，她就吃醋。袁承志打架，危急時用了安小慧頭上的簪子當暗器，她吃醋。偶爾見到一個外國女人穿得少一點，她也要吃醋。

書上還有一個人叫單老捕頭，此人並沒有女兒，但是袁承志的朋友們開玩笑，說單老捕頭討好袁承志是為了選他當女婿，一句話就讓青青吃了無名醋，出去幹了幾件大案子誣陷人家，差點要了對方的命。溫青青吃醋不需要理由，只要袁承志身邊有年齡相仿的女子，她的第一反應就是將人家列為情敵，大發脾氣。

和黃蓉、趙敏吃醋吃得還有三分可愛不同，青青吃醋吃得太嚴重，更加不計後果。袁承志遇到童年好友安小慧，介紹給青青，說道：「我給妳引見，這位是安小慧安姑娘，我們小時在一塊兒玩，已整整十年不見啦。」溫青青冷冷的瞅了安小慧一眼，既不施禮，也不答話。這顯得她沒有教養。有人覺得這可愛，我不覺得，《紅樓夢》裡林黛玉那種吃醋才說得上有幾分可愛，溫青青這種只讓人覺得沒有教養。

甚至溫青青在得知小慧媽媽對袁承志有大恩後，仍然不管不顧，提出袁承志今後不許再見小慧和她媽媽，讓人覺得她很沒分寸，喜歡強人所難。你愛一個人，就能去干涉他的正常人際關係嗎？

因為吃醋，溫青青好幾次不顧大局，捅了一個大婁子，把自己和別人置身險境。有一次，袁承志和焦宛兒去救溫青青，遇到緊急情況，不得不一起躲到床底避敵。為了救人，臨時到床底躲一下又怎樣？

但青青仍然只知道吃醋，一下發脾氣、一下罵人，死也不肯離開險地，一味胡鬧，逼得焦宛兒在情急之下，表示要嫁給獨臂師哥，不會和袁承志在一起，才打消了她的猜忌，否則不知道會有什麼樣的後果。反正性命和吃醋比起來，不值一提。

還有，溫青青搶了闖王的軍餉，本已答應分給袁承志一半，但因為吃安小慧的醋，非得讓袁承志憑本事到家裡來盜取。這就不知輕重了。她家可是有很多危險人物的，有溫氏五老這種高手，還有一個五行大陣，她分明知道其威力。袁承志要不是僥倖先得到一本祕笈，學了破陣之法，早就送掉了小命。這都是一口醋鬧出的插曲。

書上袁承志居然對此毫不介懷，要是我，肯定對這個女人避之唯恐不及。

溫青青對自己的問題，其實也不是不知道。她非常清楚，說道：「我脾氣不好，我自己知道，可是我就管不了自己……。」她愛吃醋也是有原因的。這姑娘身世可憐，作為一個私生女，母親未婚先孕，在大家庭裡遭人歧視，所以溫青青個性比較偏激，對自己的東西會特別歇斯底里的去捍衛。這一點讓人同情。

但要注意的是，引人同情，不等於可以讓人理解；讓人理解，不等於值得被愛。自己的毛病，自己要了解，然後想辦法改變。童年陰影可能一時半刻走不出來，但不能老是走不出來，**原生家庭這個東西，不能當藉口用一輩子。如果是這樣，長大還努力幹什麼？**有一個不幸的童年，日後幹什麼糊塗事都有道理，這肯定不行。人在成年之後，要隨著認識、能力、閱歷的增長，逐漸去治癒自己。

對比一下黃蓉。前面說了，黃蓉原先也是個小醋罈子，但隨著她跟郭靖相處久了，自己的氣質也一直在變。她後來跟穆念慈就相處得很好，再也不會亂吃醋，威脅要去劃人家的臉。

後來，有一個姑娘程瑤迦看上了郭靖，黃蓉也沒有亂吃醋，反而覺得恰恰是因為郭靖優秀，才會有人看上。黃蓉的很多觀念、格局都在變。

這種成長，恰恰是溫青青所缺乏的，從頭到尾都不見其長進。回到之前所說的，溫青青和袁承志在一起，時間長了真的很不穩，給人的預感很不好，是金庸作品所有男、女主角中，最不讓人看好的一對。

她跟袁承志之間，本身就沒有太深的共鳴。兩人價值觀上的差距就不提，溫青青對袁承志的愛很膚淺，作為知己她就不夠格。

袁承志很崇敬起義軍將領李岩。他父親袁崇煥死得早，在後來走向社會、闖蕩江湖的過程中，啟蒙了袁承志、擔任其榜樣的就是李岩。在李岩的引導下，袁承志開始學習思考一些關乎社會、人生的重大問題，從一定意義上來說，李岩是袁承志心理上的父親。

可是在李岩遭了難，袁承志心急如焚要去相救的時候，溫青青還在旁邊吃醋鬧事。從這個細節來看，她是真的不想了解袁承志，也分不清楚輕重。我不知道她有沒有想過，如果因為胡鬧而錯過拯救李岩的機會，會有什麼後果，這肯定是兩個人終生的裂痕。所以，作為知己她就不夠格。

那麼作為臂助，她夠格嗎？也不夠。溫青青常自詡是袁承志的臂助，她覺得袁承志對江湖上的事情不大懂，說要幫他。可是以她的性格和能力，也實在是誇下海口。

袁承志被推舉當了七省盟主，帶領一大批江湖豪傑，要去協助李闖王的事業。如果此時溫青青真要臂助於他，有很多事情可以做，可以當幫手，可以出謀劃策，大有用武之地。但青青除了因為袁承志的江湖地位而沾沾自喜之外，什麼實質性的忙也沒幫；而且不幫就算了，還在諸如單老捕頭等事上搗蛋。

想一想，如果換了別人在青青的位置上，比如焦宛兒，那袁承志大事小事都可以倚仗她。非要從事業上說，焦宛兒這種類型的女人真的比較適合袁承志。

再看後面，小說中寫道，李闖王進了北京之後，起義軍變質了，驕奢淫逸、殘害無辜，還開始整肅內部，不少正直的成員都被排擠、殺害。青青對這些視而不見，不去提醒袁承志小心，反而把精力全部集中在「袁承志搶了皇上的九公主」這種無稽之談上，鬧得不可開交，差點把自己的命都賠上。

你要是不在乎這個男的，那倒無所謂，分開就好。但既然那麼在乎袁承志，離不開他，但自己又不太長進，這就無解了。

她在和袁承志的關係裡，最大的底牌、最大的倚仗，就是自己喜歡得最狂熱。因為她表現得最狂熱、最不計後果、最不怕讓別人為難，所以其他姑娘都讓著她。沒辦法，都沒有她瘋，也不想害袁承志為難，所以就讓著她。

焦宛兒就讓著她，你不讓她，她就要大家同歸於盡，所以焦宛兒只好承諾要去嫁給自己不喜歡的人，自己委屈得流眼淚，也得讓溫青青放心。

阿九也是，只能讓。不讓的話，局面不可收拾，她便要死要活。阿九只能出家，頂著一個光頭問她：「青姊姊，妳不再恨我了吧？」但你想想，就靠自己夠瘋、夠不計代價，讓別的競爭對手去「讓」，強迫別人不與自己一般見識，這種優勢叫優勢嗎？這絕對不是長久之計。

在男方袁承志心中，溫青青的最大優勢是什麼？同樣，不是她美，不是她好，也不是和她在一起最愉悅、最開心、最幸福。這些都不是，而是她對這份感情占有欲最強，要得最猛烈。

書上有一段話，袁承志在內心比較過幾個認識的女孩，暴露了他的真實想法。他說：「所識女子之中，論相貌之美，自以阿九為第一。小慧誠懇真摯。宛兒豪邁精細。青弟雖愛使小性兒，但對我一片真情。」你看在袁承志心裡，其他幾個姑娘都有各自的優點，唯獨青青在他心中的優點是「一片真情」，大概是因為實在乏善可陳。

每當遇到別的很好、很優秀、讓人動心的女性，袁承志都勸誡自己：青青對我一往情深。說白了就是青青要得最猛烈，最不管不顧，所以袁承志不願離棄她，否則會有負疚感，會有道德的不安。

說句冷酷一點的話，兩個人的感情，短期之內這樣還可以維繫，但以長久來看，光靠一份負疚感、靠一方道德的不安來維繫，沒什麼意思。**兩人在一起想長長久久，要靠開心、幸福，要靠一加一大於二，不能靠負疚感。**

一段感情裡，別人的道德感，比自己的美貌還要靠不住。

第23章

什麼鍋，就要配什麼蓋

——《俠客行》梅芳姑

梅芳姑的一生，就是談了一場還沒開始的戀愛，做了一次莫名其妙的媽媽。

明明是個高壓鍋，偏偏要去找個砂鍋的蓋兒配上，當然煮不好東西。

金庸小說裡有很多三角戀，梅芳姑的故事就是其中一個。

有些讀者可能對這個人不熟悉，我先簡單介紹一下。梅芳姑是怪俠丁不四的私生女，武功不錯，還長得特別美，號稱當時武林中的第一美女。可惜她的情路不太順利，愛上了上清觀的弟子石清，怎料石清對她毫無興趣，只喜歡師妹閔柔。

梅芳姑對此很不服氣，石清憑什麼不喜歡我，時間一久就成了心病。本來以她的花容月貌、千伶百俐，想找一個出色的男人易如反掌，但她想不通，就開始「胡鬧」，自毀容貌、遠離江湖，專門和石清嘔氣。

石清夫婦生了孩子之後，她去石家搗亂，抱走了孩子，還送回另一具孩子的屍體。這具屍體的面目已經不可分辨，石清夫婦還以為孩子被殺了，傷心了好多年。其實，梅芳姑收養了這個孩子。

讀到這裡，你可能覺得這個姑娘已經很「奇葩」了，但更奇葩的還在後面。這個養子她也不好好養，把他取名為「狗雜種」，也不好好教育，開心則罵，不開心則打，飯是兒子做，柴是兒子撿，自己每天就做兩件事：折磨孩子和罵「小賤人」。十幾年就這麼過了，一直到老。

總結梅芳姑的一生，就是談了一場還沒開始的戀愛，做了一次莫名其妙的媽媽，然後就結束了。

她為什麼非要如此較勁呢？因為**心裡有一個死結，就是：我這麼優秀，你為什麼不喜歡我？**

在全書末尾，梅芳姑和心上人石清重逢，她連珠炮一樣的問了石清幾個問題，充分展示了她多年來的心思。書上寫道：

梅芳姑道：「當年我的容貌，和閔柔到底誰美？」

石清回答：「二十年前，妳是武林中出名的美人，內子容貌雖然不惡，卻不及妳。」

梅芳姑又問：「當年我的武功和閔柔相比，是誰高強？」

石清道：「妳武功兼修丁梅二家之所長，當時內子……自是遜妳一籌。」

梅芳姑又問：「然則文學一途，又是誰高？」

石清道：「妳會做詩填詞，咱夫婦識字也是有限，如何比得上妳！」

梅芳姑冷笑道：「想來針線之巧、烹飪之精，我是不及這位閔家妹子了。」

石清仍是搖頭，道：「內子一不會補衣，二不會裁衫，連炒雞蛋也炒不好，如何及得上妳千伶百俐的手段？」

最後，梅芳姑厲聲問道：

「那麼為什麼你一見我面，始終冷冰冰的沒半分好顏色，和你那閔師妹在一起，卻是有說有笑？為什麼？為什麼？」說到這裡，聲音發顫，甚是激動。

石清是怎麼回答的呢？他緩緩說道：

「梅姑娘，我不知道。妳樣樣比我閔師妹強，不但比她強，比我也強。我和妳在一起，自慚形穢，配不上妳。」

看這段對話可以明白，石清很清楚自己要什麼，但是梅芳姑不清楚。

有一些話，石清無法擺在檯面上說，像是梅芳姑的出身。她的父親是邪派的丁不四，母親是性格古怪的女俠梅文馨，而且又是未婚生女。放在現今社會上，也有很多人對此抱有成見，更何況是古代的江湖。

所以在石清的眼裡，梅芳姑的身世背景不妥，不是所謂的正道中人。以石清這種——說好聽一點——方正自守的立場，恐怕不太願意招惹那樣的岳父、岳母，就跟張翠山一開始死不認可殷素素一樣。

再說性格。石清是個老派男人，重視家庭，表面上雖然溫和體貼、愛惜師妹，但實際上卻喜歡出主意、發號施令。

從他跟閔柔的日常相處中可以看出，石清在家裡處於主導地位，閔柔大多數情況下都唯丈夫馬首是瞻。書中最常出現「閔柔深知丈夫如何如何」的句子，代表大事基本上都聽他的。

當然，在大方向不衝突的情況下，石清倒也能夠尊重妻子的意見。兩個人價值觀一致、性格互補，幾乎沒什麼大的矛盾衝突。

但梅芳姑不一樣，她樣樣拔尖，又酷愛鑽牛角尖，比閔柔「剛」得多。可以想像一下，假如兩人位置對換，石清選擇了梅芳姑，閔柔失戀，後者會百折不撓的跟情敵夫婦糾纏嗎？會不斷拷問意中人「你為什麼不喜歡我」嗎？會自毀容貌，成為一個鄉下怨婦嗎？不會。她多半會一個人躲起來療傷，甚至重新開始自己的生活。

而在另一邊，梅芳姑若跟石清在一起，他們的相處很可能也好不到哪去。梅芳姑容不得別人拿主意，也不認同石清那種事事周全、面面俱到的江湖處世之道。順從石清，她的個性會受壓抑；不順從石清，他們的關係又會受損。

因此，雖然梅芳姑本人樣樣都出色，但相比閔柔，以她偏激的個性、複雜的背景，在石清心目中並不是良配。

這些事情，石清想得很清楚。他最後回答梅芳姑的那句話，說自己「自慚形穢」，可說是半真半假。他真的覺得自慚形穢嗎？恐怕未必。身為上清觀的得意弟子，武功人才都是同輩中的頂尖，武林中那麼多「名媛」喜歡他，怎麼可能如此沒自信？只不過是他說話圓融，事事愛留有餘地，「自慚形穢」乃是他本能反應下的回答而已，充分給對方面子。

石清所謂的「自慚形穢，配不上妳」，核心的意思其實是，**你的優秀跟我無關**。但是梅芳姑想不清楚。在她的腦子裡，愛就是愛，如果你不愛我，就是我沒達到你的某一項標準。可是論容貌、武功、廚藝、文采……我樣樣精通、樣樣頂尖，你還不喜歡我，那你得給我一個解釋。

最後梅芳姑腦洞大開，居然搶走了石清和閔柔的孩子，還送回去另一具死屍，打算用喪子之痛去折磨對方，要徹底擊垮他們的生活。

偏偏這個算盤打錯了。石清跟閔柔一起經歷了喪子之痛，相互扶持、同心同氣，不但挺過來了，反而情感更上一層樓。這兩個人更不會輕易分開，梅芳姑距離她復仇的目標越來越遠。事實也證明，石清的選擇就理性上來說，完全正確，閔柔的確最適合他。

說得粗俗一點，**什麼鍋要配什麼蓋**。梅芳姑明明是個高壓鍋，偏偏要去找石清這個砂鍋蓋來配，肯定什麼東西都煮不好！

很多讀者不太喜歡石清這個人，但平心而論，他沒有欠梅芳姑什麼。他沒有給過梅芳姑任何錯誤信號，沒有任何撩撥挑逗的明示、暗示。對比李莫愁、林朝英等幾個女人的情感故事：李莫愁怨恨的陸展元好歹還接過她的手絹；王重陽好歹也和林朝英並肩闖過江湖，有過親密友好的關係，送過寒玉床，雙方有過一來二去好多個回合的親密互動。

問題是，石清不一樣，他從一開始就表明態度、明確拒絕，從感情或道德的觀點看來，都不能說他有什麼錯，是梅芳姑自己想不開。

縱觀她的一生，沒遇到渣男，卻把自己活成了怨婦，而且還搭進去了後半輩子的幸福，這太可惜了。

有意思的是，江湖第一美女和才女梅芳姑沒有想明白的事情，書裡另外有個小姑娘，年紀輕輕似乎就已經想清楚了。她就是叮噹。

叮噹的意中人是石中玉。石中玉是一個小滑頭、小色鬼、小混蛋。第一次看這本書的時候，開頭看到大家說他幹的壞事，什麼強姦、逼死人命之類的，還以為後面會有反轉，事實證明猜錯了，石中玉比開頭說的還要壞。而且他最大的本領就是花言巧語，哄騙女人是手到擒來。

可是叮噹就喜歡石中玉。她就愛石中玉用甜言蜜語哄她，連他的花心也不在乎。後來，叮噹遇到了石中玉的孿生兄弟石破天，石破天老實又厚道，但叮噹就是不喜歡，寧願選擇油嘴滑舌、好色無恥的石中玉。

叮噹人品惡劣、殺戮無辜，這個另外再說。但就感情上，叮噹至少比梅芳姑要明瞭。她知道什麼人適合自己，清楚自己和石中玉就是天生一對，兩個人都沒有什麼道德感，追求的是感官刺激，這一對活寶都知道對方不是什麼好東西，他們的愛情沒有長遠目標，快活一時是一時。

從某種程度上說，她反而比梅芳姑這樣，非和一個不適合自己的人嘔氣，然後一輩子痛苦來得強。

第24章

越聰明的女人，越要按捺替別人安排的衝動

——《天龍八部》阿朱

有些自以為為別人好的計畫，可能為人套上永不解脫的枷鎖。

越是聰明、有頭腦的女人，越要按捺住替別人安排一切的衝動。

《天龍八部》裡最感人的情節之一便是阿朱的死。但真要細究，阿朱的死，極其不值。她死於什麼呢？一場自己的精心安排。

阿朱的心上人是喬峰。後者要報殺父大仇，誤以為找到了仇人——「帶頭大哥」段正淳，準備將之擊斃。阿朱為了阻止喬峰復仇，竟然自己化裝成帶頭大哥，與喬峰會面，被喬峰一掌打死。

得知錯傷愛人後，喬峰十分悲痛，卻也十分困惑不解。

喬峰大聲道：「為什麼？為什麼？」

阿朱道：「大理段家有六脈神劍，你打死了他們鎮南王，他們豈肯干休？大哥，那《易筋經》上的字，咱們又不識得……。」

你看阿朱這番回答、這番用心，實在是一番太過於複雜，也太過於曲折的安排，若不仔細讀，你甚至跟不上她的心思。

她這番絞盡腦汁的安排裡，包含著五個前提：第一，大理段家的人會六脈神劍；第二，喬峰必不能敵六脈神劍；第三，段家會傾盡全力為段正淳報仇、追殺喬峰；第四，唯有練好《易筋經》才能對抗六脈神劍；第五，喬峰必定學不會《易筋經》。所以，她要不惜一切代價阻止喬峰復仇。

僅僅從這一句話「那《易筋經》上的字，咱們又不識得……」，便能看出阿朱做安排時的心思之細。她左思右想，覺得終究不是大理段家的對手。

然而，阿朱設定的這五個前提，最後被證實幾乎都是錯誤的，至少沒有一個完全正確。比方說，大理其實幾乎沒有人會六脈神劍。

除了這擺在檯面上的五大前提之外，阿朱的這番安排還包含著三大隱含的前提。第一，自己替段正淳去死，喬峰終生都發現不了；第二，自己無端「失蹤」之後，喬峰不會尋找、不會起疑；第三，失去了自己，喬峰還能走出傷痛、撫平創傷，繼續好好的生活下去。

只有這三個前提成立，阿朱的謀劃才有用，否則一旦喬峰發現自己打死的不是段正淳，又去找段正淳復仇，豈非全然枉費心機了？

然而，這三大隱藏的前提也沒有一個是對的。也就是說，阿朱的這一番良苦用心，這一場對於喬峰的人生未來的龐大安排，前提、事實、邏輯、手段、結局，全盤錯了！

所以事實就是，一個自命聰明、算無遺策的女生，瞞著自己的男人，絞盡腦汁做了一番極不必要、聰明反被聰明誤的安排，斷送了自己的生命和愛情，也毀滅了心上人喬峰一生的幸福。

這是何必？這又何苦？

阿朱的失誤，代表了某一類型女生常遇到的問題，就是因為自己聰明、有頭腦、喜歡謀劃，便替身邊的人安排一切。

這種所謂安排，有大有小。小至一日三餐、營養攝入、運動計畫等，大至人生規畫、職業遠景，周詳備至，有的提前十年、八年就制定好了具體的戰略藍圖。

身邊的人或許才二十歲，但是他三十歲、四十歲、五十歲要幹什麼，乃至晚年到哪裡養老、兒女多久來看自己一次等，都齊齊整整的規畫好了，就像阿朱為喬峰設計的一樣，連自己的命都安排進去了。對方想稍微改一改、闖一闖，她便堅決說：「不行！《易筋經》上的字咱們又不識得……。」

生活有計畫、有條理是好事，但是安排得太遠、太細，甚至越俎代庖，把別人該動的腦筋都動完了，那就是一種病。

人生和命運的變數極多，越是精密的計畫，出意外的可能性就越大；前提條件設置得越嚴苛，事情偏離預計軌道的機率越大。所以，對未來的規畫宜粗不宜細，不能搞得像作戰計畫一樣嚴絲合縫。**二十歲就計畫好五十歲要幹什麼，不是很滑稽嗎？**

而且這種安排之衝動的背後，多多少少是源自對對方的誤解和輕視。阿朱何以要替喬峰安排這麼一齣「自我送命阻止報仇計畫」？說到底，是對喬峰的誤解。

她覺得喬大哥是莽夫，聽不進勸告，只能瞞著他安置好一切，不能讓他一起參詳；她覺得喬大哥無謀少智，不懂趨利避害，沒有她的安排就照顧不好自己，沒有她的犧牲必定是死路一條。

她忘了喬峰曾是丐幫幫主，忘了喬峰曾統領上萬英豪，忘了自己的智謀能力未必就勝過喬峰。早年間喬峰身邊也沒有阿朱，倒也事事妥貼。

而且，你越是安排，對方就越不成長；你越是幫對方處理大小事，對方就越不動腦、越無能；你越是一廂情願，只考慮計畫的完美性，而不考慮對方的需求，就越可能讓雙方產生嫌隙，最後還造成反感。大包大攬，替別人做了決定，哪怕全是為了對方好，也可能南轅北轍，只換來對方的擔不起，甚至不領情，那又何苦呢？

中國電視劇《三十而已》裡的顧佳，溫柔、能幹、顧家，小至老公穿什麼服裝襪子、吃什麼食物，大至公司的運營、接什麼業務、做什麼決策，沒有她不安排的事，結果老公許幻山反而不爽，兩人生活中的不滿越來越多，感情越來越崩壞。

阿朱千算萬算，最沒算中的就是喬峰對自己的深情。她在殺死自己的時候，其實把喬峰也殺死了。

阿朱的死非但未能救喬峰，反而差點害他早死。倘若不是一個意外——喬峰在阮星竹的房裡看到段正淳寫的條幅，發現和帶頭大哥的字跡不符，殺父真凶另有其人，早已經一掌把自己打死殉情。

即使喬峰沒有死成，他後半生的痛苦也遠超阿朱的想像。有什麼比親手打死自己的愛人，更讓人痛心疾首？阿朱死後，喬峰的英雄氣概雖然未嘗稍減，但他的心靈已經枯槁死去，這個人已然了無生趣。

後來在遼國王宮中，喬峰含淚說：「四海列國，千秋萬載，就只一個阿朱。豈是一千個、一萬個漢人美女所能代替得了的。」從今往後，他就只能在孤獨寂寞中，承受無盡的痛苦和悔恨，最後的自盡，在某種意義上也是給自己一個解脫。

阿朱算計那麼多、拚了一條命，卻帶給喬峰無盡苦痛，會不會覺得不值？所以說，計畫這個行為其實是有毒的，**有些自以為為別人好的計畫，可能反而是為他人套上永不解脫的枷鎖。**

有些事情不能糊弄過去，仍得直接面對

遊戲，固然能解決許多問題，但是有一些關鍵大事，哪怕再艱難、殘酷，也是不可遊

戲混過的，終究要去直接面對。你必須看著喬峰的眼睛明確說出來：喬大哥，我盼此番你先不要報仇。

阿朱給我們的印象，一貫是古靈精怪、活潑可愛且溫柔懂事。阿朱之死，大概也是《天龍八部》裡最催淚的情節。雷雨夜，小石橋，她布下一場局，讓自己被意中人親手打死，讓人感嘆唏噓，也賺了讀者很多眼淚。

但要認真說，阿朱的死也是有前兆的。這個女生有個特點，膽大又不怕死，有一點太敢玩了。

重慶有句老話，叫做「怕是心頭怕，膽子要放大」，這句話是我在書本上看到的，還沒親自聽過。而阿朱就是這樣，玩得非常大，而且越玩越大。

這個女生堪稱《天龍八部》裡最不怕死的，玩起來膽子比獨闖天龍寺的鳩摩智還大，比只有一臺音響就敢組樂團的喬峰還大。

回憶一下，阿朱第一次出場，玩的就是鳩摩智。

鳩摩智找到姑蘇慕容家，要騙武功祕笈來看。這時候你該逃就逃，該糊弄就糊弄，實在糊弄不過去，哪怕說句「私人圖書館事情重大，我做不得主，要請示」也好。

請示是個好主意，想要刻意搞砸一件事，只要不斷往上請示就行了。

可是，阿朱非得玩弄人家。注意，玩弄和糊弄是兩回事。憑藉著一套易容術，她連換老僕、管家、老夫人多個角色，戲弄鳩摩智這個武瘋子，還要騙鳩摩智向自己磕頭。而且這易容術還存在一定程度上的缺陷，就是遮不住氣味。旁邊的段譽在第二輪就透過體香察覺了端倪。幸虧鳩摩智在這方面不敏感，否則一記火焰刀揮出去，阿朱有十條命也擋不住。

在這一齣戲裡，阿朱的確狡黠可愛，但冒那麼大危險，何必呢？

阿朱第二次敢玩，是自己易容成北喬峰，還把段譽易容成南慕容，兩個手無縛雞之力的人，換了皮膚，就聯手去闖西夏一品堂高手，包括「四大惡人」駐守的天寧寺。虧得幸運之神又一次眷顧，各種巧合，兩人才得已脫身。比如四大惡人面試這兩人時，偏偏考的是凌波微步，才讓段譽蒙混過關。

兩度易容，都是險之又險，但阿朱玩得不亦樂乎，好像完全忽略了這一點。用王維的詩來說，大概就是「衛青不敗由天幸」（按：取自《老將行》，衛青為漢代名將，指衛青不敗是由於天神輔助）。

後來，阿朱玩得更大了，居然跑到少林寺去盜《易筋經》。少林寺是什麼地方？武林中泰山北斗般的存在，守衛很強，平時能進去當間諜的都是蕭遠山、慕容博、喬峰這種等級的高手，還隨時可能鬧得灰頭土臉。

在另一部書《倚天屠龍記》裡，連崑崙派掌門人兩口子去少林派，都是三回合就被殺，被小黑皮鞭活活抽死。

這等龍潭虎穴，阿朱卻憑一點稀鬆武功，居然變個裝、易個容就去盜經了，妄想人家少林寺不把《易筋經》當寶貝，就跟赤手空拳想去成都偷大熊貓差不多。

結果就是遭遇玄慈方丈，一記大金剛拳打過來。要不是喬峰在旁邊用銅鏡擋了一下，十個阿朱也擋不住，肯定被打飛。

不妨用阿朱對比一下黃蓉，黃蓉也是古靈精怪，也喜歡胡鬧。

但黃蓉的惡作劇，大體上都是充分掂量過，總是有分寸、有留一手，基本上不會出什麼大事。

比方說，黃蓉懂得專門挑最弱的敵人。黃蓉一出場玩的是「三頭蛟」侯通海，為什麼專挑他？因為侯通海的武功在幾大反派頭目裡最弱。

後來，黃蓉用計耍過梁子翁、歐陽克，但基本上都是在局面可控的情況下。一旦糊弄不了，也往往可進能退。就算偶爾行險，比如和歐陽鋒等人鬥智鬥勇，也大多是因為形勢所迫、逼不得已，很少像阿朱那樣主動惹麻煩。

再者，黃蓉的軟實力有硬實力輔助，人家背後還有一個極具威懾力的東邪老爹，即便西毒歐陽鋒要對黃蓉下手，也得掂量掂量：怕不怕被東邪尾隨一輩子？

阿朱卻別無其餘硬實力，只靠一個易容術。她是把易容術當成《易筋經》來用，這就托大（按：驕傲自大）了。

阿朱這種人，總的來說，就是有一種冒險基因，喜歡刺激，越玩越大，在死亡邊緣瘋狂試探。到後來，她甚至形成一種思維，依賴一種固定套路，彷彿一易容，任何事都可以不用去直面，都可以瞞過去、混過去，不需要一個根本、最終的解決方案。

直到小鏡湖、青石橋，她也本能、天真的希望用易容這個拙劣的方案，把喬峰的血海深仇騙過去，結果把自己和自己的愛情一起玩死了。

> 只見電光一閃，半空中又是轟隆隆一個霹靂打了下來，雷助掌勢，蕭峰這一掌擊出，真具天地風雷之威，砰的一聲，正擊在段正淳（阿朱）胸口。但見他立足不定，直摔了出去，折的一聲撞在青石橋欄杆上，軟軟的垂著，一動也不動了。

事實上，你要說她膽大，她其實也很膽小、很怯懦，只是是在感情上。

她敢於去面對喬峰凌厲絕倫的一掌，卻不敢向喬峰坦白真相，不敢陳說自己的心意。她怕喬峰拒絕，怕自己說了也是徒勞，怕喬峰從那個可靠溫厚的男人，一秒就變成聲色俱厲的陌生面孔。

然後，就沒有然後了。

阿朱的故事，可能是一個提示：**遊戲，確實能解決人生中的許多問題，但是有一些關鍵大事，哪怕它們再艱難、殘酷，也不可能靠遊戲混過去，終究要直接面對**。你必須看著喬峰的眼睛說出來：喬大哥，我盼此番你先不要報仇。

至於他如何面對、如何選擇，那是他的事。你不可以剝奪他的選擇權。

第25章

面對誘惑、面對委屈、面對執念

——《天龍八部》王語嫣

人被折疊得太久，就會忘記打開真實的自己，過得半真不假、半假不真了。

一個人的成長，無非是學會面對三件事，面對誘惑，面對委屈，面對執念。

王語嫣的人生，只有一根針的大小。和她說話，三句不能離表哥。

段譽和她剛認識不久，就很快把這個女生看透了：「要引得她心甘情願的和我說話，只有跟她談論慕容公子，除此之外，她是什麼事也不會放在心上的。」段譽呆是呆，看人卻看得很準。他分得清誰有底蘊、誰淺薄。

正常人和王語嫣說話，不用幾分鐘就沒話聊。你跟她聊表哥以外的任何事情，她都不會感興趣。她跟你談表哥，你當然也不感興趣，那大家便沒得聊。

所以就沒有人和她說話。趙敏、黃蓉等女主角，都有許多人與她們交流、說話，連小龍女那麼冷清的，也有周伯通、一燈大師這樣的忘年之交。王語嫣卻沒有人和她說話，人人都覺得和她沒話說，母親和她沒話說；阿朱、阿碧、家裡的婆子也和她沒話說；表哥乃至幾個家臣，如鄧百川、公冶乾、包不同等人，也和她沒話說。

只有一個段譽，出於明顯的目的，會刻意和她沒話找話說，除此之外就沒了。她長相那麼美麗，在全書裡居然除了段譽再沒有第二個追求者。事實上段譽迷戀她，也有一部分是前面提到的玉像情結在作祟，否則她真的很難聊。段譽自己也是一個內心豐富、興趣廣泛的人，就算一時迷戀王語嫣，能堅持多久？不可想像。就算是娶了王語嫣，估計等三天熱情過後，段譽每天還是寧願去找朱丹臣、鍾靈、黃眉僧等人說話，和王語嫣沒話說。

生命只有一根針的大小，就很容易栓塞、窒息。等到表哥將她棄若敝屣，去求娶西夏公主的時候，她無路可走，只能跳井。事實上，她的人生早就只剩下一個井口了。倘若阿紫的人生是悲劇，段譽的人生是喜劇，那王語嫣的人生就是默劇，沒有聲音，沒有影子，就這麼守著一個井口，默默無聲的過了。

王語嫣會是這樣，與她的家庭有很大的關係。她的母親王夫人是一個強勢而愚蠢的控制者。她帶著女兒困居在曼陀山莊裡，這個山莊名字很美，但事實上卻是《天龍八部》裡最陰森可怖的地方，這裡面所有的種植、陳設、布置都是做給男人段正淳看的，王夫人在這裡的一切做作、折騰，也都是給段正淳看的，這裡彷彿是一個祭臺，供奉的唯一神祇就是段正淳。

王夫人不斷的在山莊裡抓人、殺人、獻祭，名曰清除渣男，實際上那都是供奉給段正淳的血食。

這個母親活像一個狂熱、邪祟的信徒，除了膜拜偶像，沒有一絲溫情和耐心留給女兒，毫不關心她的成長，對女兒實行極度的高壓禁錮。

此外還有表哥。母親和表哥，她人生裡僅有的兩個人，共同塑造了王語嫣。這兩個人都高壓、尖刻、恣睢，非常難以取悅。他們像鉋子、銼刀，早早除去了王語嫣的一切個性和棱角，讓她成了掛在屋簷角上隨風擺蕩的一個人偶。

為了取悅兩人，她學會隨時隨地掩飾自己，一直都在假裝，比如一方面她要掩飾自己的興趣，另一方面又要掩飾自己的不感興趣——在母親面前，她要藏起自己對表哥的興趣；在表哥面前，她又要掩飾自己對政治和武功的不感興趣。

你會發現王語嫣有一個特點，就是從來沒有打開過自己，你不知道她的空洞、無趣、貧乏是本來就這樣，還是後來如此的。

比如你不知道她到底是聰明還是呆傻。黃蓉是聰明的，陸無雙是憨笨的，小龍女是個天然呆，她們活的都是自己的樣子，但王語嫣卻看不出來。

這姑娘似乎並不笨，但又好似不甚聰明。說她不笨，是因為純靠自學就能把大量武功典籍背得滾瓜爛熟，圍觀任何人打架都能指點一二，可是在別的事情上她又毫無智計，一遇到突發事件就只會「花容失色」，然後束手就擒。活在今日，她大概是學測文組前三名，死記硬背有一套，但處事多半不太靈光，學測就是人生的顛峰。

你甚至不知道她究竟有沒有興趣愛好。她似乎也喜歡彈琴寫字、養小動物，但又喜歡得如此淺，給人感覺只是敷衍，這些興趣，活像明星在網路上的基本資料欄裡所填寫的興趣愛好一樣，不可信，是為了填表格而湊數用的。

你也不知道她內心是否曾經青春叛逆過，還是一直溫和平順；不知道她會發脾氣、會任性，還是從來就不會；不知道她是否好奇過外面的世界，還是從來不好奇；不知道她是否疑惑過、厭煩過自己的生活，還是從來就不曾疑惑；不知道她是否期望過和人溝通、交流，還是從來不期望；不知道她是否渴望成就自己、活出自己的價值、擁有自己的舞臺，還是壓根兒就沒有這方面的想法。

因為被折疊得太久，從沒有打開過真實的自己，她的真性情和假性情漸漸合而為一，變得半真不假、半假不真了，你看她總覺得像隔著毛玻璃，模模糊糊不清楚。

一個人的成長，無非是學會面對三件事，面對誘惑，面對委屈，面對執念。反過來說，這三樣東西其實就是我們曾經活過的最深的烙印，是我們回望青春時，最刻骨銘心的事物。當你回想自己的十六、七歲，記憶中最難忘的，是否就是自己當初面對最熾熱的誘惑、曾經受過最大的委屈，以及擁有過最深的執念？

王語嫣很不幸：母親對她說，你不可以有欲望；表哥對她說，你不應該委屈。兩者都被粗暴的抹殺了。王語嫣只好把僅存的唯一一樣——執念——深藏在心裡，用自己對表哥毫無道理、義無反顧的執念，證明自己活著，真實的活著。

幸虧她還有這一份執念，試想，站在冰冷的櫥窗裡，如果把她心裡的這一點都拿掉，那這個女孩還剩下什麼？

第26章

愛情的五種變態（上）：自虐、自嗨

——《天龍八部》刀白鳳、王夫人

保持自尊最好的辦法，是永遠認真對待自己。

女人透過作踐自己來作踐男人，實在不是一個好主意。

段正淳的女友團裡，沒有一個人是快樂的。

段正淳本人倒是很快樂。他是很多男人羨慕的對象，哪怕不敢明目張膽的羨慕，暗地裡還是羨慕。不但從老婆到女友全是大美人，而且她們還不住在一起，不會每天宮鬥，有雍正的豔福，沒有雍正的煩惱。條條花路通大理，段正淳出門的每個方向，都住著一個痴痴等待的情人。

他活得很瀟脫，不去想天長地久，「醒時同交歡，醉後各分散」，揮一揮手便走向下一個。但是女人們卻無法這麼瀟脫，他老婆刀白鳳痛恨他外面彩旗飄飄，情人們則痛恨他家裡紅旗不倒，外加彩旗飄飄。每個人都恨自己不能獨占他。

段正淳的女友團都被這樣一段愛情困住了，處於一種非常壓抑的精神狀態，而且各自有各自的困境。她們都嘗試走出困境，撫平內心的不甘，然而都不成功。

第一個說刀白鳳。她的選擇是自虐。

刀白鳳是段正淳的正室，身分最尊貴。她不是漢人，是雲南擺夷族（按：今為傣〔傣音同ㄞ〕族）大酋長的女兒，她跟段正淳結婚是政治聯姻，段家要籠絡擺夷、鞏固皇位。

但是刀白鳳和段正淳對彼此卻很滿意，兩個人武功、相貌都十分般配，在一起很登對，感情不錯。然而，問題就出在他們感情不錯，這讓刀白鳳更痛苦。擺夷人的習俗是一夫一妻，容不得段正淳娶二房，段正淳也就無法擁有三妻四妾，但繼續在外面拈花惹草。刀白鳳乾脆憤而出家，做了道姑。

即便做了道姑，她也無法撫平受傷的自尊心，彌補不了失落感。憤怨之下，她也要讓段正淳嚐一嚐被背叛的滋味，便去做了一件非常瘋狂的事情——找個男人一夜情。找男人也不好好找，偏偏找了一個叫化子。她打的算盤是：

> 我要找一個天下最醜陋、最汙穢、最卑賤的男人來和他相好。你是王爺，是大將軍，我偏偏要和一個臭叫化相好。

這是一種很古老的思想：女人透過作踐自己來作踐男人。這是故意自虐，感覺把自己作踐得越厲害，就越能羞辱段正淳；找的男人越低賤，段正淳受辱的程度就越深。說到底，還是因為在潛意識中，把自己當成段正淳的一部分，作為附屬品。

問題是，刀白鳳幹這種事，十多年了也從沒有讓段正淳知道。那個男人壓根兒就沒有因為這次出軌受到傷害。她並不是真的要和丈夫決裂，只是要用這種行為來給自己一個交代，取得精神上的勝利。她勝利了嗎？釋然了嗎？沒有！她心裡一點都不好過，這反而成了一個巨大的疙瘩，成了記憶中的毒瘤。

倘若後來不是為了救兒子，她一輩子都不想說出這個祕密。這件事成了刀白鳳心裡的隱痛，無法解脫。

而且，這麼做的風險還很大。在書裡，刀白鳳的報復固然是神不知、鬼不覺，沒給自己帶來什麼直接傷害，但如果是普通女生這麼幹，可能會陷入非常嚴重的處境。自己出去胡亂找個一夜情，還非得挑個最差、最看不上的，萬一所遇非人，拍了不雅視頻，或者對方事後百般糾纏，甚至像刀白鳳一樣懷孕，那之後的生活可能會嚴重遭到破壞，甚至一直籠罩在陰影之下。

說白了，刀白鳳就算要出軌，也得找個自己真心實意看得上的人。**維護自尊最好的辦法，是永遠認真對待自己，不要為了任何人和任何原因做自暴自棄的事情**。遭遇了不公正對待，最好的辦法是對自己更好。你的自暴自虐報復不了任何人，殺敵為零、自傷一千，衝動時也不爽，事後火葬場。

倘若刀白鳳的辦法是自虐，那麼另一個女朋友王夫人的辦法則是「自嗨」。

王夫人就是王語嫣的媽媽。這個女人除了長得美，幾乎沒有其他優點，性情乖戾，好歹不分。因為和段正淳之間的風流債，「大理」和「姓段」這兩件事成了王夫人的雷，不小心踩到就立刻引爆，管你是否無辜。她的曼陀山莊，凡是有男子擅自進莊，就要被砍去雙足，倘若是大理人或姓段的人，撞見了便活埋。

這些規矩已經夠無理了，執行起來就更加無理，有個無量劍派的弟子被王夫人擒住，他不是大理人，但只因家鄉離大理不過四百餘里，也被活埋。

由於王夫人對段正淳的占有欲太強，又無法得到滿足，便乾脆開闢另一項事業——殺人逼婚，就是專門逼出軌的男人回家殺老婆，並娶外面的情婦為妻。

書裡有一段情節很有意思，某位男子出軌，被王夫人抓住，便派人押解其回姑蘇城，要親眼見證他殺了自己的結髮妻子，與外面認識的苗姓姑娘成親，才肯甘休。

那男子懇求說：

> 拙荊和妳無怨無恨，妳又不識得苗姑娘，何以如此幫她，逼我殺妻另娶？

王夫人回答：

> 你既有了妻子，就不該再去糾纏別的閨女，既是花言巧語將人家騙上了，那就非得娶她為妻不可。

這樣的逼人殺妻案件，王夫人不知道操作了多少件。僅僅是她手下的婢女小翠一人，就曾在常熟、丹陽、無錫、嘉興等地，辦過七起同樣的案子。

王夫人這種特殊癖好，源自她的心結。自己想嫁給段正淳，嫁不了，又沒本事讓段正淳殺了刀白鳳，來和自己長相廝守，怎麼辦呢？沒命當女主角，只好另開戲臺做導演，逼著別人不停的殺妻，等於玩電腦遊戲《模擬市民》（*The Sims*），以彌補內心的遺憾。這種行為就像吸毒，三不五時就要自嗨一次。

但是，這種自嗨的癮會越來越大，第一次幹這種事，可能會得到極大的滿足感，但到了第十次、第二十次，她漸漸不過癮了，滿足感越來越少。玩到最後，王夫人終於不滿足於《模擬市民》，要玩真的了，親自設局捉拿段正淳，還要殺了段正淳所有女人，結果釀成一場大血案，連同自己在內，大家一同喪命。

自嗨可能會有一時的爽快，但是需要不斷加大劑量，等到毒癮形成，就可能反噬。這種藉他人痛苦讓自己快活的爛招，還是不用為妙。

第27章

愛情的五種變態（下）：自欺、自縛、自宮

——《天龍八部》阮星竹、甘寶寶

在一段不正常的感情裡面，無法全身而退。

婚姻是日用品，不是裝飾品。

再說阮星竹。

前文中說，段正淳的女友團裡，有人自虐，有人自嗨，阮星竹則是自欺。

阮星竹是阿朱和阿紫的母親。她的性格乖巧柔和，生活和言行都比較正常，又是游泳健將，可以說是個像水一樣的女人。她解決執念的辦法是什麼？自欺，自己騙自己，幫著男人騙自己。

從她跟段正淳的兩段對話就能看出來。有一次，段正淳求阮星竹救人，說：「妳快救她起來，妳說什麼我都依妳。」阮星竹說：「當真什麼都依我？我叫你永遠住在這兒，你也依我麼？」段正淳臉上立刻出現尷尬的表情，支支吾吾不回答。

阮星竹十分傷心，說：「你就是說了不算數，只嘴頭上甜甜的騙騙我，叫我心裡歡喜片刻，也是好的。你就連這個也不肯。」說到這裡，眼眶便紅了，聲音也有些哽咽。

由此可見，阮星竹已經不追求別的了，只要段正淳騙一下自己，來點甜言蜜語當止痛劑，也是聊勝於無。相比之下，王夫人需要的劑量大，要施打毒品才行，阮星竹則比較溫和，來支麻醉針就管用。事實上，這根本不是出路。段正淳騙她一時，最後拍拍屁股走了，她真就不痛苦了嗎？不會，痛苦只會加倍。

和刀白鳳去睡叫化子、王夫人去逼人殺妻相比，阮星竹的自欺更溫和，對他人也沒有那麼大的傷害，但照樣不管用。在一段不正常的感情裡面，她也無法全身而退。

接下來，再談談女友團裡的最後兩位——甘寶寶和秦紅棉。她們是一對師姐妹，也是被段正淳迷住了。

這兩個人個性完全相反，一個溫吞，一個火爆，互為鏡像，是一對偏執狂姊妹花。

甘寶寶的選擇是自縛，也就是自我綁縛。

她選擇了嫁人，離開段正淳，看起來最果斷，也貌似最放得下。其他幾個女友團成員都在糾結、要死要活的時候，甘寶寶果斷組建了新家庭，似乎受這份感情影響最小。

甘寶寶的心思比較重。她被段正淳勾搭上之後，懷了一個女兒，隨後很快就認清段正淳這個人，知道和他沒什麼未來，所以懷著段正淳的女兒便果斷嫁人。

可是她嫁了一個什麼人呢？仔細一看就發現不對勁。書上有這麼一段：

段正淳問道：「寶寶，妳嫁了怎麼樣的一個丈夫啊？」

鍾夫人道：「我丈夫樣子醜陋，脾氣古怪，武功不如你，人才不如你，更沒你的富貴榮華。可是他一心一意的待我，我也一心一意的待他。我若有半分對不起他，教我甘寶寶天誅地滅，萬劫不得超生。我跟你說，我跟他住的地方叫做『萬劫谷』，那名字便因我這毒誓而來。」

甘寶寶嫁了一個人，武功、人才、相貌、身世家境都不如段正淳，樣樣都比段正淳差，這也罷了，問題是還「脾氣古怪」。前面幾樣還可以理解，脾氣古怪就不大能理解了，你嫁一個脾氣古怪的人幹麼？

你看甘寶寶這段話，看似很決絕，似乎心如鐵石，很有安穩感和歸宿感，其實正暴露了她對自己沒信心，對婚姻沒信心。

她選的丈夫，幾乎跟段正淳相反。段正淳帥，她就找個醜的；段正淳知情識趣，她就找個脾氣暴躁古怪的；段正淳不可控，她就找個所謂「一心一意待我」的，也就是自己可以完全掌控的。她想用這樣一段婚姻、一個丈夫，讓自己從跟段正淳的糾纏中解脫出來。這看上去是什麼？自救，自我拯救、自我救贖。但實際效果是什麼呢？是另外兩個字——自縛，綁縛的縛。

她炮製的這段婚姻毫無感情基礎，明明一點都不愛鍾萬仇，而且內心還絲毫不尊重他，壓根兒看不上這個男人。試想，**當老婆的你，內心對丈夫絲毫尊重不起來，你的婚姻會愉快嗎？想用這樣一段婚姻來自救，那不就是自縛嗎？**

同樣的，鍾萬仇也過得非常壓抑，他的婚姻只有單方面的愛，這就糟糕了，而且還無時無刻不活在妻子前任的陰影之下，不斷提防自己老婆和舊情人死灰復燃：

一個男子（鍾萬仇）的聲音說道：「妳定是對他餘情未斷……。」

一個女子（甘寶寶）聲音嗔道：「什麼餘不餘的？我從來對他就沒情。」

那男子道：「那就最好不過。好極，好極！」語聲中甚是喜歡。

這樣的對話時時刻刻都在發生，讓人覺得非常疲憊。我看金庸小說，覺得讓人最感到疲憊的夫妻之一，就是鍾萬仇和甘寶寶，這樣的關係，光是用想的就讓人累得慌。甘寶寶作繭自縛。她婚後完全是分裂的，一方面不斷告誡自己是鍾萬仇的妻子，不應該去想段正淳，好好過日子就好，人前人後表現得很貞潔、剛烈。

面對段正淳的時候，她正言厲色，說「我是有夫之婦，絕不能壞了我丈夫的名聲。你只要碰我一下，我立時咬斷舌頭，死在你的面前」，表現得十分倔強剛烈；可是另一方面，又對段正淳思念得更深，找各種理由跑去鎮南王府搗亂，和段正淳照樣糾纏不清。

反過來，對鍾萬仇而言，甘寶寶一方面對外努力的抬舉他、表揚他，處處想顯示自己的婚姻很穩定、很成功；但是另一方面，內心裡又忍不住鄙夷他，瞧不起他，私下相處時不斷遷怒於他，粗暴對待他，甚至是玩弄、作踐他。他們的婚姻越來越扭曲。

總結一下，甘寶寶聰明，卻聰明得不夠。所謂找個好人就嫁了，這話不是完全沒有道理，但還不是要你找個自己看不上的人就嫁，這完全不同。她明白感情失敗了要設定停損點，但是方法沒用對。她沒有認真再投入一份感情，而是迫不及待的投入一段婚姻，只認定男人「對自己一心一意」這個優點；然而，這麼細的一根稻草，根本無力維持一次浩大的救贖，結果是男的日夜提防，女的虛與委蛇，最後全面崩盤。

再說遠一點，聊聊婚姻這個東西。婚姻是日用品，不是裝飾品，不是擺設品，不是一種賭氣、一種投靠，「明知不是伴，事急且相隨」，這不對。

你一旦賦予了婚姻原不該有的意義，就沒辦法從婚姻中獲得滋養，反而不如一個人過得輕鬆。要記住，匆匆忙忙去重新開始，往往會讓局面更混亂，從簡單的兩角關係變成三角甚至多角的局面，最終像甘寶寶這樣，不但不能從原先那份傷心中解脫出來，還會陷入新的混亂之中。

說罷甘寶寶，最後來看秦紅棉。師妹甘寶寶是自縛，而師姐秦紅棉則是另一種玩法——自宮：就是老娘我不碰男人了，我身邊誰都不准再碰男人。

秦紅棉可以說是段正淳所有女朋友裡面最痴情，也最倔強的。被段正淳拋棄後，她得出一個結論：男人都不是好東西，沾不得；男人這個東西有原罪，愛和性也有原罪。

她一怒之下，跑到一個山谷躲藏起來，改名叫「幽谷客」，再也不見任何男人，從此和一切男性斷絕關係、斷絕來往。平時買米、買鹽都叫保母梁阿婆去，不和男子照面接觸。有一次梁阿婆病了，請兒子代買送來，秦紅棉為此大發雷霆。秦紅棉這種做法比李莫愁還誇張，也沒見李莫愁不和男人說話。十幾年如一日不見男人，這不是自宮是什麼？

秦紅棉不但自己斷絕和男性的一切往來，還要求女兒這樣做。她要求女兒長年累月用布把臉蒙起來，不讓女兒接觸男人，說天下男人都是王八蛋，而且還給女兒訂了一個非常變態的規矩，就是對於第一個看到你臉的人，你要不殺了他，要不嫁給他。

這個規矩真是危險，後來幸虧女兒木婉清第一個遇到的男人是段譽，倘若是南海鱷神（按：四大惡人中的岳老三），後果真是不堪設想。

秦紅棉這種選擇，一看就知道不好。這種自我隔離有用嗎？沒有用。可以隔斷痛苦和執念嗎？不能。**能戰勝一份感情的是另一份感情，而不是孤獨**。實際上，她無時無刻不在思念段正淳，沒事就要耍幾套段正淳教他的「五羅輕煙掌」過乾癮，現實中一見到段正淳本人，就大崩潰。

她的這種心理狀態，就是以偏概全的仇恨。段正淳對不起我，我就恨天下所有男人；一場戀愛失敗了，我就覺得愛情這個東西有罪。在動物園裡分手，就恨上了全世界的動物園，獅子、老虎、大熊貓都對不住自己；在電影院分手，就恨上了全世界的電影院，誰去看電影就是和自己作對，就是和自己過不去。

縱觀段正淳的女友團，這些阿姨原本都很優秀，卻沒有一個得到比較好的結果，沒有人過上正常的人生，還傷害了很多人。說到底是什麼？還是缺少反思的能力。或是遷怒於人，或是諉過於人，或是作踐自己，或是以偏概全，獨獨不肯反思真正的問題，所以自縛、自嗨、自虐、自宮，統統上演。

情病這個病，願意自救才能得救。

第28章
你的本質是女俠，還是女人？
——《天龍八部》秦紅棉

她骨子裡是屬於江湖的。

「修羅刀下死」容易，守著修羅刀一輩子去死不容易。

據說《天龍八部》裡有兩條定律：一是所有的父親都不是生父；二是所有段正淳的女人都沒有好下場。

第一條的原因很簡單，無非是段正淳花心。第二條的原因就複雜了，段正淳的女人們，性格、人品都完全不一樣，有溫柔的，有潑辣的，有善良的，有狠毒的，有死纏爛打的，有死了心嫁人的，為什麼都沒有好下場？

有說法是她們所託非人，偏偏看上段正淳；也有人說她們太過痴情，腦筋轉不過來。事實上，人們常常忽略了秦紅棉這類人最大的問題，就是她們的本質都是女俠，而不是女人。

秦紅棉、甘寶寶她們對段正淳的要求是什麼？是段郎「跟了我去」，完全加入她們的生活。最典型的是秦紅棉的一番告白：

淳哥，你做了幾十年王爺，也該做夠了。你隨我去吧。

她們的毛病都不是女人的毛病，而是女俠的毛病。她們不能和段正淳終老，不完全是刀白鳳吃醋，很大的原因是她們在骨子裡是屬於江湖的。

她們夢想中的完美愛情，是自己照樣做美麗豪俠的修羅刀（按：秦紅棉之外號）和俏藥叉（按：甘寶寶之外號），身後跟著一個百依百順的段郎。偏偏段正淳的本質不是俠客，而是一個官僚貴族。正如他手下的褚萬里、傅思歸、古篤誠、朱丹臣、高升泰等也不是俠客，而是門客。

本質上不相同的兩個人，很難實現最終的契合。所以，秦紅棉等人的愛情註定不會有好的結局。

段正淳的女人之中，只有一個人例外，那就是馬夫人康敏。和秦紅棉、甘寶寶、王夫人、阮星竹等都不一樣，她的本質不是女俠，而是女人。

她是唯一一個明確提出要當王妃的，目標堅定而清晰。《天龍八部》第二十四章「燭畔鬢雲有舊盟」裡，在下定決心殺段正淳之前，她向這個花心男人發出了最後絕命三問：

「以後你怎生安置我？」

「帶不帶我去大理？」

「封不封我做皇后娘娘？」

康敏用詞非常好——安置。

在她的構想中，自己毫無疑問是該被安置的東西，而秦紅棉等人正好相反，她們不考慮自己如何被安置，而幻想自己該怎麼安置段郎。像王夫人，連專門安置段郎的愛巢曼陀山莊都準備好了。

或者有人說，秦紅棉等人好純情，康敏太有野心。

但事實上，她出給段正淳的題目反而相對最為實際、最好操作、最沒有野心——你覺得對於一個王儲而言，是換一個妃子容易，還是要他放下富貴尊榮，拋棄對國家民族的責任，拋下一切跟一個野女人跑掉更為容易？

男人常常把女人過度追求物質和身分稱為有野心，而把一心追求情感滿足稱為純情。大概是因為前者容易讓男人感到直接而明顯的壓力，覺得自己無法源源不斷的供給所需，卻不知後者——秦紅棉、甘寶寶的那些夢想，「不當王爺，隨了我去」、「提了刀白鳳那賤人的首級，一步一步拜上萬劫谷來」——更難實現。

別說是段正淳了，哪怕是個小職員，要他下定決心拋棄一切，跟一個女人去混江湖，從此世界裡只有這個女人，有這麼容易嗎？

段正淳泡妞的經典名句是「修羅刀下死，做鬼也風流」。我相信這是真心話，事實上他也做到了，最後為她們殉情而死。

但是，他也用一輩子拖泥帶水的感情經歷，證明了另一句話，就是：修羅刀下死容易，守著修羅刀一輩子去死不容易。

說到底，男人們需要管住自己，如果沒有說走就走的勇氣，寧可碰康敏，也不要去招惹修羅刀。

第29章

金庸在不經意間寫下的父女之情

——《天龍八部》夢姑

自由、奔放的人生背後，是一個溫暖的爸爸。

做政治強人的女兒，本來是不幸福的，但夢姑是一個例外。

金庸的小說裡有很多壞爸爸，沒資格當父親。比如周伯通，自己有了孩子都不知道，是一個嚴重不合格的爸爸；還有少林寺的玄慈方丈，女朋友生了孩子，十幾年不聞不問，孩子在自己眼皮底下當學徒都不知道，怎麼樣都說不過去。

但與此同時，金庸的書中也有一些好爸爸。比如歐陽鋒，就算是楊過的好爸爸。

下面要說的是一個很少被人注意，但其實很暖、很感人的爸爸。他的名字很陌生——李乾順，說出來一般人都不知道。其實，只要說出他的職業，大家就都知道了。這個人是西夏的皇帝，也就是歷史上的崇宗聖文帝。他的女兒就是夢姑，他便是幫女兒招親的西夏皇帝。

在書裡，這個皇帝老爸沒有太多戲分，甚至連臺詞也沒有，只有簡單描述了一下他的長相：

身形並不甚高，臉上頗有英悍之氣，倒似是個草莽中的英雄人物。

看上去比較凶，給人感覺是個狠角色，屬於殺伐果斷、一心只關注國家大事、不太有溫情的那種人。按道理說，這種人的親人子女都應該戰戰兢兢，每天察言觀色，生怕惹事。但出乎意料的是，他的女兒銀川公主夢姑卻很自由、奔放。

你從她的住處、生活習慣等就能看出來。這個公主好好的宮殿不住，非要別出心裁，大興土木，在皇宮裡鑽山打洞，搞什麼青鳳閣、幽蘭澗，還要在深澗上拉一條鋼絲當馬路，每天帶著宮女在鋼絲上飛來飛去，學雜技。

這個皇帝老爸居然也寵著她，讓女兒這樣瘋。

女兒貌似還喜歡文化藝術，愛收藏，在自己的閨洞裡囤了宮裡不少「晉人北魏的書法，唐朝五代的繪畫」。而皇帝自己多半是個沒什麼文化品味的人，但既然女兒喜歡，他貌似也支持。

最出乎意料的，是他幫女兒招親，為女兒大幅宣傳招親榜文，公開招駙馬。

事情的主因，大家基本上都知道：有一次，公主在一個冰窖遇見了虛竹，大家在黑燈瞎火裡一起學習、一起進步，成了夢姑和夢郎，共拚西夏夢，慢慢產生了愛情。分別之後，為了找到夢郎，西夏國公開招親，海選駙馬，向每個人問三個問題，好讓公主找到意中人。

對這件事，公主說得輕描淡寫：「請父皇貼下榜文，邀你到來。」說得輕鬆，其實相當不易，這是戀愛自由啊！女兒想怎麼選女婿就怎麼選。

我們對比一下金庸小說裡的其他父親，就知道這個皇帝爸爸有多好了。

比如段譽的爸爸段正淳，已經算是疼兒子了。兒子隨便泡妞，老爸也不管，但唯獨一件事例外：兒子要找誰做老婆，那對不起，爸爸說了算。

他令段譽去娶西夏公主，還發了正式公文，蓋上「大理國皇太弟鎮南王保國大將軍」的朱紅大印，讓兒子「以國家大事為重，兒女私情為輕」。

帝王之家，婚姻都是政治交易，也不能怪段正淳。但相比之下，是不是西夏的皇帝爸爸李乾順就顯得更疼女兒了？

我們再對比一下金庸其他小說裡的爸爸。比如黃藥師，也算很疼女兒了，一把屎、一把尿的把黃蓉帶大，也是不容易，有時也很寵閨女。但是一具體到女兒的戀愛問題，他就要橫加干預了。他為了自己的面子，怕女婿是個傻小子，惹江湖人笑話，非要女兒嫁歐陽克，逼得閨女要跳海。

再來看郭靖。他對女兒也算是不錯，盡到了撫養、教育的責任義務。但是他允許女兒自己挑對象嗎？我看也是不允許，說把女兒給楊過就給楊過。

要說疼女兒，是不是都不如這個西夏的皇帝爸爸？

而且，夢姑的爸爸讓女兒公開招親，問每個人三個怪問題選駙馬，形同行為藝術，代價和風險很大。

先說代價。女兒夢姑長得很美，豔名遠播，仰慕者眾多，是一個很好的政治籌碼。如果拿來和大邦強國結親，可以立刻幫西夏國添一個強援。

嫁給吐蕃王子，就可以得吐蕃為強援。哪怕嫁給大理王子，也可以多一個小國大理做親家。這個道理，傻子都懂。段正淳要段譽去做西夏駙馬，也是為了這個。

可是，為了讓女兒找到自己喜歡的人，西夏的皇帝爸爸放棄了這個機會，讓女兒自己選夢郎。女兒的意中人會是什麼來頭，是工程師、上班族，還是做手機包膜的，老爸也不在乎。

再說風險。公主招親，把吐蕃王子、大理王子，還有一大批天下英雄豪傑都邀來了，最後黑燈瞎火問三個問題，王子們就被打發走。人家不但連公主的面都沒見到，公主的聲音也沒聽到，乘興而來，敗興而歸，這很得罪人。

你讓人家千里迢迢而來，陪公主玩完行為藝術，就滾蛋回家？得罪了大理倒還好，因為大理弱小。但如果得罪了吐蕃，豈不是代價沉重？

這個西夏皇帝，等於為了女兒的愛情，玩了一把烽火戲諸侯。這樣的事，黃藥師、苗人鳳都做不出來，但是皇帝李乾順為女兒做出來了。

這還不夠。在招親的時候，他還要配合女兒的活動，親自出面，宴請會見來求親的各大代表團。

這個會見的過程非常有意思。之前，選手們都把這次會見當成選秀面試，覺得皇帝肯定會仔細考察自己，事先隆重打扮、準備，大概還背了一大堆考古題或西夏名人名言。

誰知道在宴會現場，皇帝只待了幾分鐘，伸手比了一個「耶」，就閃人了，連正眼都沒有看選手們：

那皇帝舉起杯來，在脣間作個模樣……便即離座，轉進內堂去了……眾內侍跟在後面，霎時之間走得乾乾淨淨。

現場選手都感到奇怪，「相顧愕然」，沒料想皇帝一句話不說，一口酒不飲，就這樣走了。大家都想：「我們相貌如何，他顯然一個也沒看清，這女婿卻又如何挑法？」

其實，皇帝爸爸看似在「走過場」，看似完全沒有誠意，但你想想這個情節，會發現很有深意。

他一句話不說、一個候選人都不看，恰恰透出對女兒的疼愛。他這是在表示：你的丈夫你自己選，我一點都不干擾你；我出來給你撐撐場子，其他的都交給你了。

政治家，本來往往是沒有親情的。做政治強人的女兒，本來是不幸福的。你看任盈盈，她老爸下臺被關押期間，她過得風光自在，後來老爸重新上臺當了魔教教主，書上說她倒感到委屈，「反而沒有了之前的權柄風光」。

而這個西夏皇帝，我覺得真的是個例外。他看似草莽、粗魯的外表之下，有一顆暖暖的老爸的心，為女兒留了一個自由溫暖的角落。

他是金庸在不經意間，為我們寫出的一個好父親。

第30章

別人把你當孩子，你可別把自己當孩子

——《笑傲江湖》岳靈珊

豌豆上的公主。

每一個岳靈珊這樣沒思考能力、不敢決斷的孩子，背後往往都有一對岳不群夫婦那樣習慣漠視他們意見、獨斷專行的父母。

任盈盈和小師妹岳靈珊，在某些事情上完全不能比。

兩個都是《笑傲江湖》裡的女主角，也都青春美麗。但假如放在一起比較，便有一個非常刺眼的差距，在個人的綜合能力上，無論是武功還是魄力，還是辦事能力、領導決策能力，任盈盈都要高出老大一截。

兩個女生的歲數相當，都是十七、八歲，甚至小師妹可能還略大一點，但兩人的氣質完全不同。小師妹給人的印象，就是一個怯生生、無法獨立生存的小姑娘。她武功很弱就不細說了，只說頭腦和辦事能力，作為華山派掌門的女兒，小師妹在江湖上沒有任何影響力，哪怕在華山派也什麼都不是，屬於吊車尾的存在。

她也認為自己是一個弱小的女生，習慣成自然，樂於做一個無用的「武二代」，在門派裡扮演甜心寶寶的角色，頻繁在父母面前撒嬌。比如上得華山，見到了岳夫人，當著全公司人的面，小師妹做了什麼舉動？乃是：

岳靈珊飛奔著過去，撲入她的懷中，叫道：「媽，我又多了個師弟。」一面笑，一面伸手指著林平之。

完全是一個還沒長大的孩子。

她還顯得很軟弱，動不動就哭，似乎不堪一擊。粗略統計，她在《笑傲江湖》中就哭了七、八次。見到大師哥（按：指令狐沖）時，「突然拉住他衣袖，哇的一聲哭了出來」。又如被老爸批評了，「心中大受委屈，眼眶一紅，便要哭了出來」。關於她哭的段落數不勝數，比如「雙目微微腫起，果然是哭過來的」、「岳靈珊小嘴一扁，似欲哭泣」；和大師兄比武失敗了，「左足在地下蹬了兩下，淚水在眼眶中滾來滾去，轉身便走」。

除了哭泣，還有「嚇得大叫」的時候。有一次她練習輕功，因為用力稍大，落地的時候離懸崖太近，就「嚇得大叫起來」。在父母經營的公司裡，但凡遇到任何小挫折和挑戰，她都要哭，不然就嚇得大叫，是真正的豌豆公主。

而這時候，同齡的任盈盈早已經是江湖上的「聖姑」了，所到之處受到無數江湖人士擁戴，已經是個有自己班底的小政治家了。在駕馭這些江湖人士的時候，任盈盈很有手段，可說是言出法隨、令行禁止，說要戳瞎誰的眼睛就戳瞎，說流放誰就流放誰，岳靈珊和她完全不能比。

在門派內部、在父親身邊，任盈盈的角色定位也和同齡的岳靈珊完全不同。任盈盈是父親的重要臂助。父親謀劃的一切大事，乃至於推翻東方不敗、重奪教主之位這頭等機密大事，任盈盈也全程參與，並且發揮了重要的作用，從來不曾見她像岳靈珊一樣哭泣、嚇得大叫。

兩個同為十七、八歲的女孩子，怎麼會形成這種差距？難道真的是天生的嗎？我看，還是受後天因素影響更多。

這裡只說一點，家教。且來看看小師妹岳靈珊的父母平時怎麼對待她，隨便舉書上幾小段話：

1. 岳夫人道：「沖兒，別理珊兒胡鬧。」
2. 岳夫人道：「珊兒，別盡纏住爹胡鬧了。」
3. 岳靈珊道：「大師哥身受重傷，不能再挨棍子了。」岳不群向女兒瞪了一眼，厲聲道：「……妳是華山弟子，休得胡亂插嘴。」
4. 岳靈珊急道：「那怎麼成？豈不是將人悶也悶死了？難道連大小便也不許？」岳夫人喝道：「女孩兒家，說話沒半點斯文！」
5. 岳靈珊道：「爹……羅人傑乘人之危，大師哥豈能束手待斃？」岳不群道：「不要妳多管閒事。」

6. 岳夫人道：「珊兒不要囉唆爹爹啦。」

注意看父母對岳靈珊當面講出來的話，動輒便是「多管閒事」、「胡亂插嘴」、「不要囉唆」、「胡鬧」……。

岳靈珊此刻已經成年了，但每當她想發表一點自己的意見，講一些自己的個人看法，父母便習慣性的否定、忽視，甚至是去踐踏和反脣相譏，開口閉口便是「妳胡鬧」、「妳多管閒事」，只把她當成不懂事、沒用的小姑娘看待。

已經成年了的女兒，岳不群夫婦都這樣對待，那麼當女兒還年幼、少年之時，情況之糟糕可想而知。

一個孩子，長期沒有思考的權利，話語得不到傾聽，意見得不到尊重，久而久之，也就習慣了自己的空氣人定位，反正父母精明強幹、包辦一切，自己動腦筋也是白動，發表意見也是白費，何必還動腦筋呢？

對比任盈盈，雖然她的父親也強勢，勢力、武功更是勝過岳不群夫婦許多，卻一直把女兒當作重要的助手、甚至是接班人培養。小說中，父親任我行幾乎從沒對女兒說過「不要多管閒事」、「休得胡亂插嘴」這樣的話。

女兒也就一步步鍛煉出了思考能力，有了拿主意、判斷大事的能力，和岳靈珊這樣的傻女孩差距越來越大。加上後來任我行意外被政敵囚禁，任盈盈只能孤身打拼，處理各種複雜問題，各方面能力都得到鍛煉，更加飛速成長。

為什麼我們讀《笑傲江湖》時，老有一種錯覺，感覺任盈盈比小師妹歲數大，就是因為前者更成熟，兩人的自我定位不同、能力不同，總使你覺得任盈盈更懂事、更能幹。

後來小師妹選男人，選壞了，被她所選定的男人拋棄並殺害。一說到岳靈珊的愛情悲劇，我們通常就說她是愛錯了人、看錯了人。但事實上，這是另有根源的。選擇林平之，可說是她人生中第一次自己做出重大決定。而在此之前，她幾乎從來沒有思考大事的經驗，從來沒有獨立判斷過什麼重大事情。在這種情況下，突然就要做出人生重大決策，怎麼能不出錯？

我認為，出錯的機率比不出錯來得高。從這個角度來說，她看錯人真的不稀奇。

回到現實中，許多孩子能力上的弱小、自我意識上的不獨立，常常都是岳不群類型的家庭環境所導致。**那些沒主見、意志脆弱的孩子，往往有獨斷專行的父母。**

在這些岳不群夫婦式的父母看來，自己全知全能、無比強大，孩子的一切意見都幼稚，一切主張都膚淺可笑，卻不知道人的成長，總需要一個從幼稚到成熟的過程。每天壓制著，不讓孩子思考、決策，怎麼成長？

我不禁想起身邊一件事。前些年，我一個弟弟想要買房子自己住，向我列舉了不少理由，希望得到我的支持。而他的父母堅決反對，擔心房價跌、買虧了。

我勸他父母說：「弟弟已經成家生子了，然而從小到大這麼多年，我還是第一次親耳聽見他對自己的人生大事做出計畫，說出自己的決定。這應當鼓勵，甚至比一個小房子的漲跌還重要。二線城市（按：僅次於經濟發達的一線城市北京、上海、深圳、廣州，如天津、重慶等）的房價，說白了，漲也好，跌也好，事情能大到哪裡去？讓他學著自己做決定才最要緊，我們得支持他。」

後來，我這個弟弟買了房，房價雖然也漲了，但更重要的是，那是他自己的決定。

小師妹的故事，對於讀者而言也是個啟示。假如你是小師妹，父母強勢，不大聽你的意見，千萬別畫地自限。**別人把你當成孩子，你可別一直把自己當孩子**。就好像你是實習生，就一直把自己當實習生，一點腦筋也不肯多動；你是新手，若一直滿足於當新手，自己為自己設限，就無法成長。

成長，就是學會和過去告別

總有一天，女孩子會不再喜歡收到洋娃娃當禮物。可是洋娃娃並不知道，總幻想這種關係可以一直延續。

令狐沖最喜歡小師妹，可是小師妹不喜歡他。她對令狐沖的依戀結束得非常快，是短短幾個月之間的事。之前，大師哥對她來說還是一個離不開的人，但忽然之間，她就不喜歡了。

原因當然有很多，但我覺得一個很簡單的原因就是：女孩子長大了。女孩長大，就不再喜歡小時候的洋娃娃了。令狐沖就是她小時候的一個洋娃娃。

令狐沖和小師妹青梅竹馬，他一直以為自己是在和小師妹戀愛。但你看他對小師妹的態度，不像是對愛人，而像是對主人。小師妹要什麼，他從不違逆。小師妹任性的要做什麼事，他都容讓。他會幫小師妹做各種玩具，還抱著年幼的她滿山採果子吃。在過去，小師妹走到哪裡，都會問大師哥，都要找大師哥。

這很正常，誰的童年沒有一、兩樣離不開的玩具，只不過，這種玩具註定陪不了一輩子。總有一天，女孩子將不再喜歡收到洋娃娃當禮物。

可是洋娃娃哪裡知道，總幻想這種關係可以一直延續。

令狐沖在思過崖上隔絕的那一段時間，是兩人關係轉變的關鍵時刻。

當時，岳靈珊生了十幾天的病，說是受了風寒，發燒不退，臥病在床。這個病，其實是一場成長的病，是少女脫胎換骨、身與心都拋棄幼稚、走向自我覺醒的成人之禮。

痊癒之後，小師妹又上華山，送飯給令狐沖吃。書上說，兩人隔了這麼久見面，均是悲喜交集。

但要注意，兩個人的悲喜交集是不一樣的。令狐沖的悲喜，是小主人又來看我了，又來垂青我了。

而小師妹的悲喜，是一次訣別，是對童年最愛的大娃娃的訣別。

就好像少女把洋娃娃打包收進閣樓前，最後一次看看、安撫式抱一抱的訣別。

……

「第二日天又下雪，岳靈珊果然沒再來。」

「過了二十餘日，岳靈珊提了一籃粽子上崖。」

「這次她過了十餘日才又上崖。」

岳靈珊來看他的次數少了，間隔也越來越長。令狐沖不忿，他失落，他爭寵。

他打落了小師妹的劍，還扯破了她的袖子。這些都是洋娃娃式的爭寵。

於是，小師妹心裡很煩悶。倒不是心疼劍，也不是心疼衣服，而是煩他入戲太深。一個你已經好好告別的人，卻仍然在不依不饒的加戲、爭寵，你當然覺得很煩。

書上出現了這樣的對話：

岳靈珊怒道：「放手！」

她要大師兄放手。

令狐沖仍然搞不懂狀況：

「我便是不明白，為什麼妳對我這樣？當真是我得罪了妳，小師妹，妳……妳……拔劍在我身上刺十七、八個窟窿，我……我也是死而無怨。」

其實，人家小師妹已經說了，並不想拔劍刺你，也不是你得罪了她什麼，只是想要你放手。

小師妹最終所託非人，她喜歡的林平之成了一個冷血變態。可她過得再虐、再苦，也沒有想過回到令狐沖身邊。

一個女孩子在戀愛中再受挫折，也不會想回到童年的洋娃娃身邊。

令狐沖也遇到了任盈盈，這才是一場對等的、正常的戀愛。他也終於發現，自己不用再在閣樓裡，作為一個洋娃娃苦等下去，而是可以走出去，開始自己的新歷程。

後來，在小師妹死後，他還悄悄回到她華山的閨房，打開抽屜，看見許多被封存的玩具，都是些小竹籠、石彈子、布玩偶、小木馬等。

不知他有沒有想到，如果自己不走出去，也會像這些玩具一樣，被整整齊齊的封存在這裡？

中國女詩人舒婷有一首現代詩叫《北京深秋的晚上》，有一段很像是令狐沖的心情：

我感覺到：這一刻
正在慢慢消逝
成為往事
成為記憶
你閃耀不定的微笑
浮動在
一層層的淚水裡

我感覺到：今夜和明夜
隔著長長的一生
心和心，要跋涉多少歲月
才能在世界那頭相聚
我想請求你
站一站。路燈下
我只默默背過臉去

他也想請求小師妹站一站。
路燈下，他不敢看，只默默背過臉去。

讓人細思極恐的一句話：「被保護得很好。」

華山天下險。這個世界，無論是母親還是大師兄，都無法貼身保護一輩子。

看《笑傲江湖》時，你有沒有發現小師妹岳靈珊的某個處境，倘若細想起來，其實非常恐怖，那就是——她什麼都不知道。

這句話，具體來說是什麼意思？就是岳靈珊這個姑娘，對於身邊發生的一切稍微隱祕的事情，乃至這個江湖上一切稍微隱祕的事情，統統不知情。

這些陰謀和祕密，無論是她身邊的還是身外的，是門派裡的還是門派外的，是親人還是朋友身上的，是陰謀還是陽謀，是大事還是小情，是故意還是無意瞞著她，是對她無害還是對她極度危險，她一概不知道。

她經歷的第一件大事，就是被父親派到福威鏢局去潛伏，開店賣酒。那是父親謀劃的一個巨大伏筆，可她不知道，只以為是趟春遊。

和她一起賣酒、憨厚可靠、老實巴交的二師兄，居然是嵩山派的探子，她不知道，只以為是個好人。

到了衡山參加劉正風的「金盆洗手」儀式，劉正風結交魔教長老，大變已在旦夕，她不知道。然後劉家慘遭滅門，具體詳情她也不甚了解。

作為五嶽之一的華山派掌門獨女，岳靈珊對這個江湖的認知，甚至還不如衡山茶館裡那些閒話家常的市井之徒。人家抿口茶還能說兩句：「衡山派內訌了，掌門莫大先生與師弟劉正風不和。」岳靈珊卻連衡山派大門怎麼走都不知道。

回到華山，大師兄一場面壁思過，突然武功大進、劍法如神。為什麼？發生了什麼？

她不知道。

然後父親大怒，開始疏遠防備大師兄。到底為什麼？她不知道。

整個華山的氣氛越來越怪，可是究竟為什麼？師兄弟陸大友、英白羅離奇被殺，到底誰幹的？華山派被離奇圍攻，險遭滅門，幕後兇手是誰？父親心懷鬼胎，覬覦《辟邪劍譜》，變得越來越瘋狂；心上人林平之開始仇視華山、戒備自己，心裡逐漸變態，這些她都不知道。

到後來，她身邊的世界已經開始崩塌，地動山搖了，她仍然什麼也不知道。父親偷偷練《葵花寶典》，母親已經察覺，兩人暗中激烈爭吵，岳靈珊卻毫無察覺；就連丈夫林平之也自宮練了《葵花寶典》，她仍然不知道。她真的是什麼都不知道。

她身邊的人裡，也不乏一些單純善良的，比如母親岳夫人、師兄令狐沖等，但沒有一個人像她這樣完全、徹底的後知後覺，從頭傻到尾。母親岳夫人至少知道丈夫的詭異變化，從被窩裡撿到丈夫的鬍子；令狐沖至少還握著一個風清揚和獨孤九劍的祕密。

唯獨岳靈珊什麼也不知道，等於盲人瞎馬，都踩在懸崖邊了，危險已經逼近她的咽喉，她仍茫然無覺。

待到她剛驚訝的知道了一點真相，猛然發現父親、丈夫都不是好人，而且都已經自宮的時候，她的生命已經進入倒數計時，轉瞬間被丈夫一劍捅死。就好像一個小姑娘渾渾噩噩的住在鬼屋裡二十多年，忽然掀起幕布一角，剛看見鬼，就被吞噬了。

假如我們站在她的立場上，回看這段經歷，真的覺得異常恐怖。

岳靈珊這種對環境及危險茫然無緒的狀態，是怎麼來的？是什麼原因造成的？倘若總結成一句話，就是她被保護得太好了。

她是華山派獨一無二的小師妹。她不愁吃穿、父母疼愛，整個華山的師兄弟都為她撐腰，還有個二十四小時工作、第一要務就是哄她開心的陪玩令狐沖。她的性格其實也不差，就是稍稍有點驕縱，但程度也在小姑娘的正常範圍之內，周圍的師兄都把她當自己的妹妹看待，從來沒有人對她說過重話，大家都保護著她，就算下山歷練，也是先由師兄們幫她掃除一切障礙，才讓她來走。

君子劍父親和寧女俠母親也不讓她接觸危險，不讓她了解陰謀，從沒給她「欲戴王冠，必承其重」的繼承人壓力。劍法，能過得去就行，有這麼多師兄在，真打起來也輪不到她。

岳靈珊甚至還用大把的時間，和令狐沖研究出了一套眉來眼去的沖靈劍法，這套劍法完全就是無用的功夫，「無半分克敵制勝之效」。無聊到什麼程度呢？比如其中一招「同生共死」，是要雙劍迅即互刺的一瞬之間劍尖相抵，劍身彎成弧形，不差分毫。他們兩人練了成千上萬次，花了大把時間才練成，就為了開心。

沒有負擔，沒有責任，沒有壓力，沒有委屈。都快二十歲，早就不是個孩子了，但生活中最大的事情，也只有該不該送飯給師哥，以及如何欺負戲耍小林子。

要說她受過的最大委屈，應該就是思過崖上和令狐沖比武玩耍，結果一著不慎，自己的碧水劍被打落下懸崖。只是因為這件小事，岳靈珊氣得咬緊雙唇、臉色蒼白，淚水在眼眶中滾來滾去。站在崖邊，她不去想自己學藝不精、沒握住武器，失手掉落了，還怪大師兄欺負她、不讓著她。

這恰恰說明，從來沒有人真正欺負過她。

所以，她對一切危險、詭祕都沒有察覺，旁人自然不告訴她，不和她商議，而她自己也發現不了。大家都感覺到鬼屋不對勁了，有人已經和鬼做了交易，有人已經變成鬼了，唯獨她是懵懂、茫然的。就連逃跑的時候，也沒有一個人向她喊一聲：「快跑！」

平時生活裡，經常聽見父母介紹女兒說「她一直被保護得很好」，也經常聽見女生略帶驕傲的說自己被保護得很好。這句話帶有雙層含義。**在這個仍然有動盪、危險的世界上，被保護得很好未必是好事，甚至可能是很恐怖的事。**

華山天下險。這個世界，無論是母親還是大師兄，都無法貼身保護一輩子。

第31章

別給爛人捅你最後一刀的機會

——《連城訣》戚芳

命只有一條，不需要百分之百證明爛人是爛人，
先規避風險再說。

「逃離爛人定律」，最要緊的第一條就是：不用百分之百的證明爛人是爛人。

金庸小說裡，很多好端端的女人都死在爛人手上，而且還是自己主動送上去挨刀的。戚芳、岳靈珊都是如此。

戚芳是《連城訣》的女主角，最後就被爛人所殺。她明明知道丈夫萬圭是個爛人，自己明明也已經死裡逃生了，卻還要動惻隱之心，轉身回去救人，相信所謂的「一日夫妻百日恩」，結果被萬圭一刀斃命。

《笑傲江湖》裡的小師妹岳靈珊也一樣，眼看丈夫林平之已經凶相畢露，仍然不肯離開，猶豫難捨，然後被林平之持劍殺死。

這兩個女人相似之處是，遭男人痛下毒手之後，還要維護凶手。小師妹在彌留之際，還要大師兄答應不可傷害小林子，照顧他一生。戚芳臨死前，面對師兄「萬圭在哪裡」的追問，也是不予回答，言下之意是不願師兄去復仇，依然罩著壞人。從這兩個女人的遭遇可以看出，如何躲避爛人，真是一大學問。

遇到爛人不奇怪。世道艱險、人心叵測，「熊羆對我蹲，虎豹夾路啼」（按：出自曹操的《苦寒行》，指「巨熊盤踞在我們的前方，虎豹在路的兩旁咆哮」），一時瞎了眼、所託非人也是難免。猝然遇上一個，被他傷害，挨上一刀，那也罷了，**關鍵在於不要挨最**

後一刀，不要給爛人捅你最後一刀的機會。

在此，我總結了幾條「逃離爛人定律」，最要緊的第一條就是：**不用百分之百證明爛人是爛人。**

識人不是在做科學實驗，不必講究百分之百。但凡感覺身邊的人不對勁，哪怕只有一%的直覺，就得提高警惕，察其言、觀其行；有三〇%的證據，就可以及時避險走人；待到有了六〇～七〇%的證據，爛人已經高度疑似是爛人了，此時已是非走不可了，絕不能在實驗室徘徊。

如果一樣東西看著像條狗，叫起來像條狗，跑起來像條狗，摸起來還像條狗，那麼它多半就是條狗。**命只有一條，不需要百分之百證明爛人是爛人，先規避風險再說。**

但是有些女人有強迫症，富含科學精神。她們非要百分之百證明爛人是爛人才甘心。只要還有一絲理論上的希望，她們就不肯承認、不願放棄，害自己陷入險境之中。

就說萬圭，他的爛人本質已經暴露了九九%了。戚芳明明聽見他和父親萬震山在背後大罵自己是淫婦，還殺害了自己的父親戚長髮，陷害了自己的師兄，連親生女兒空心菜都要殺。還需要進一步驗證嗎？不用了，人生不必如此豪賭，跑就是了。

但戚芳這位科學家還存了一個念頭，覺得他理論上還有一%的人性沒有滅絕——萬一這個人還顧念夫妻情分呢？萬一這個人還想著「一日夫妻百日恩」呢？

於是，她就跑回去做實驗，去救老公，結果中刀身亡。

岳靈珊也是一樣的情況。在遇害之前，林平之的禽獸本質已經暴露了七、八成。他已經自宮，心理變態，和岳靈珊一言不合，就把她從車上推下來。他還暴露了自己對岳家的刻骨仇恨，為清算岳家，不擇手段。

此時此刻，已經有八、九成的證據表明他是爛人了，可是岳靈珊不信，也要堅持科學精神，證明那剩下的二〇％，結果一劍入腹，被殺身亡。這等慘案再次說明：自證清白是他的事，不是你的事，你的頭等大事是保護自己。

逃離爛人定律還有第二條：不要習慣性的替爛人找藉口。岳靈珊死的時候，居然還說「小林子不是故意的，他很可憐」。她還替凶手找盡了理由，「平弟他不是真要殺我」、「他是怕我爹爹」、「他要投靠左冷禪，只好捅我一劍」、「他不是存心殺我」、「只不過一時失手罷了啊」。

有時候，甚至爛人自己都不幫自己找理由了。林平之殺妻之際說得明白：「我就是要向左掌門表明心跡。」一劍就向老婆捅了過去，她卻還搜腸刮肚的幫他找理由，值得嗎？

每個人墮落都有理由。人不是天生就是禽獸，挖空心思，哪裡找不到一點理由？但這些理由對受害者來說毫不重要，保護自己才重要。

逃離爛人定律最後一點：永遠記住你還有其他更重要的人。

保護和維護爛人，不但傷害自己，還傷害其他重要的人。岳靈珊死在林平之手上，間接害了她媽媽寧中則。女兒無端失蹤後，寧中則失魂落魄，滿江湖尋找女兒，完全方寸大亂，結果中了敵人的迷藥。連敵人都詫異：得手也太容易了，作為成名女俠，怎麼能中這樣低端的迷藥？寧中則被俘、受辱、自盡，間接來說都和岳靈珊之死有關。

試想，為了一個爛人，不但葬送了自己，還把母親也一起葬送了，是不是太不值得？

戚芳也是同理。她還有女兒空心菜，自己無端死於爛人之手，留下一個五、六歲的小女孩沒了媽媽，若非師兄狄雲及時出現，這樣一個小女孩在混亂的江湖，該如何生存？就為了一個爛人，怎能把更重要的人置於險地？

所以，別給爛人機會捅出最後一刀。如果可以，最好如漢詩《有所思》裡的女子一樣果敢：「拉雜摧燒之。摧燒之，當風揚其灰！」（按：佚名詩，指「我生氣的折斷砸碎了它〔髮簪〕。毀掉它，風把灰塵揚起！」）

第32章

我愛你這件事，與你無關

——《飛狐外傳》程靈素

我對自己的愛負了責。
我用盡全力，護送你到最遠的地方。

你喜歡誰，那是你的事。但我身邊三尺之處，仍然是你最安全的地方。

金庸筆下，許多美好的事情都發生在十六歲。郭襄是，程靈素也是。那一年，在自家茅屋旁的花圃裡，程靈素第一次見到胡斐，就喜歡上了他。所以，她給了他一樣禮物：兩朵小藍花。這很有可能是她人生中，第一次送禮物給陌生的青年。

小藍花是從地上現拔出來的，根鬚上還帶著土，很鄉村、很隨意。但她不知道，自己已經晚了。就在僅僅十來天前，胡斐已經先遇見了一個女孩——袁紫衣。

初相識的時候，袁紫衣也給了他一件禮物：一隻碧玉鳳凰。比起小程的藍花，這禮物不知道貴到哪裡去。

胡斐收到玉鳳凰的時候是什麼反應？「呆了半晌」，「把玉鳳凰拿在手中」，「思潮起伏」，心裡激情演繹了一萬字的劇本。而他收到藍花的時候呢？「道了聲謝，順手放在懷內」。

金庸這個詞用得好——順手。

玉鳳凰的特點是浪漫、美貌。它有什麼實際用途呢？沒有，但卻可以勾他，讓他心裡念著她。

藍花卻有大用處，可以解毒，保護他平安。但可惜的是，胡斐偏偏先遇到了美貌的袁紫衣。

張愛玲說，男人心裡有一朵紅玫瑰、一朵白玫瑰。胡斐早就一心撲到了紅玫瑰上。他和袁紫衣在一起的時候，荷爾蒙滿滿，對手戲極足。她忽喜忽嗔，花招百出，讓他跟在屁股後面團團轉。

她嗔的時候，可以拿鞭子抽他，「小子胡說八道，我教訓教訓你」；軟的時候則可以「火光映照之下，嬌臉如花，低語央求」；豪邁的時候還可以說句：「胡大哥，今日難得有興，咱們便分個強弱如何？」

在紅玫瑰身邊，他嗨、爽、刺激。

可是和程靈素在一起呢？他敬、怕、自愧不如。

認識程靈素之前，他抱著什麼心態？少年英雄，鋒芒初露，才不過十八歲，就連江湖上的霸主苗人鳳、趙半山都喜歡他，和他稱兄道弟。

就好像一個小夥子創業，才沒幾個月就身價上億，大領風騷，和賈伯斯、馬斯克天天約吃飯。

他還把事情都包攬過來，要去找毒手藥王（按：無嗔大師，程靈素的師父）幫苗人鳳治眼病。人家說藥王不好請，胡斐怎麼回答？「軟求不成，那便蠻來！」

年輕人，好大的口氣。

等到了藥王莊，邂逅程靈素，他才知道自己幼稚了。還敢「蠻來」？他簡直一天都活不下去。

在程靈素面前，不要裝成功人士。你武功高又怎麼樣？少年得志又怎麼樣？你爸是胡一刀又怎麼樣？小姑娘完全不放在眼裡，一努嘴：給我去挑糞、澆花。

胡斐還拚命維持著自己的優越心態，覺得小姑娘「可憐」、「貧弱」，「我男子漢大丈夫」，幫她挑個糞，等同做慈善。

但接下來程靈素的表現，把他的優越感一下就擊垮。

沒有她，他在藥王莊寸步難行，才剛差點被毒草血矮栗毒倒，轉眼又險些被醍醐香麻翻了。當地隨便一個殘疾人士、一個小孩子都能鬧死他。

而程靈素彈指之間，用毒無形，揮手處邪魔辟易，三個凶神惡煞的師兄、師姐，被她耍得團團轉，不堪一擊。

更讓他感到尷尬的是，她還對他提了兩個要求：一、不准和人動手；二、不准你走出我身邊三尺之外。

這說明了你引以為傲的武功，在這裡沒什麼用，你只有在我身邊才是安全的。一直很自信的胡斐，此刻見識到什麼是真正的自信：

我身邊三尺之內，天下再厲害的毒物，也不能傷害你。

胡斐本來以為，程家小姑娘只是用毒比自己厲害。不就是化學學得好嗎？論語文、數學、外語、政治，我還是比你強嘛！胡斐暗暗的想。

但他很快又發現自己錯了，這個女孩子什麼都強過他。

他覺得自己挺豪邁，程靈素卻比他更豪邁。在幫「打遍天下無敵手」的苗人鳳治眼睛時，程靈素毫不含糊，拿起刀針就要下手。

苗人鳳和她的上一代明明有仇，又不知道其底細——她上過手術臺嗎？是不是實習生啊？有沒有治死過人？會不會故意害我？

苗大俠居然也就眼睛一閉，放鬆穴道，讓她來胡搞。

旁觀的胡斐緊張不已，很不放心，臉色灰白。程靈素淡淡一笑，對他說了一句話：

苗大俠放心，你卻不放心嗎？

這一刻，小程和苗老英雄惺惺相惜、互相輝映，胡斐反而顯得矮了一截。氣場上不及小程，那智商呢？胡斐後來的外號叫「雪山飛狐」，但說實話，程靈素才更像一隻飛狐。

前者闖江湖的表現，簡單來說就是個衝動憤青。他一出場，你總覺得不太放心，多半要闖出什麼禍事。

而程靈素一出場，你就會覺得既放心又可靠。她總是淡淡的、靜靜的，天大的問題、再惡的敵人，她那瘦瘦小小的肩膀好像都扛得住。

如果不是她，胡斐都不知道死了幾次，可能早就被血矮栗和毒砂掌搞死，或半夜在北京被侍衛追殺，在天下掌門人大會被包圍分屍，又或是冒冒失失的去搬動馬春花的遺體，而被毒死……在這些情況下，救他的人，全是程靈素。

他對她，是「心中好生感激」，卻又「凜然感到懼意」。

> 這位靈姑娘聰明才智，勝我十倍，武功也自不弱，但整日和毒物為伍，總是……。

總是什麼？他不知道。我們幫他回答了吧：總是顯得我弱爆了！只要在她身邊，自己就註定是那個傻笑著，只會抱著一盆七心海棠（按：虛構植物，有劇毒）的花瓶，亦步亦趣的小跟班。

胡斐畢竟不是郭靖。郭靖從小當慣了傻子，胡斐當不慣。他給自己的人設，乃是智勇雙全，程靈素卻讓他顯得既不夠智，又不夠勇。

那一天，胡斐終於向程靈素說：我們結拜兄妹好嗎？

說出這句話之前，金庸寫了一筆胡斐的神情：「不敢朝她多看。」

程靈素的回應，書上是兩個字——「爽快」。

跳下馬來，撮土為香，雙膝一屈，跪在地上。

於是，官道旁、長草邊，兩人相對磕頭行禮。她便成了「二妹」。一個男人的枷鎖解除了，一個少女的愛情幻滅了。

接下來，程靈素怎麼對待這個「不敢朝自己多看」的男人？她也會傷心，也有怨艾，但最終的選擇是一句話：**我愛你，與你無關。**

你喜歡誰，那是你的事。但我身邊三尺之處，仍然是你最安全的地方。

看看從湖北到北京一路上，程靈素做的事情：

「胡斐將酒倒在碗裡便喝。程靈素取出銀針，要試酒菜中是否有毒。」

「胡斐次晨轉醒，見自己背上披了一件長袍，想是程靈素在晚間所蓋。」

「程靈素叫胡斐試穿，衣袖長了兩寸……於是取出剪刀針線，便在燈下給他修剪。」

直到最後，胡斐中了劇毒，程靈素幫他吸出，用他的血毒死了自己。我對自己的愛負了責。我用盡全力，護送你到了最遠的地方。每次讀到這裡，都希望這一幕不是真的，時光可以倒流，退回到過去她最耀眼、最光彩四射的時候。

那一夜，她手拿金針，氣定神閒，正在替天下無敵的苗人鳳治眼睛，胡斐只能在手術室外探頭探腦當看客。

當苗人鳳再問「姑娘，妳貴姓」的時候，她可以再次抿嘴一笑，說：「我姓程。」

愛人不需要能力，走出來才需要

陷入感情就像中毒，中毒往往是不需要本事的，能不能從一份潰敗的感情裡走出來才需要本事。

程靈素是一個人氣很高的女孩子，是《飛狐外傳》裡的女主角，一直很喜歡胡斐，可是胡斐不喜歡她。

兩人結伴同行去北京，為了阻斷程靈素的感情，胡斐靈機一動——當然是讓很多讀者深惡痛絕的靈機一動——提出要結拜當兄妹，讓小程特別委屈的當了妹妹。很多讀者都為程靈素抱不平，認為胡斐太不識貨，辜負了一個好女生。

有一次，我幫一家知名的叫車平臺打廣告，對方想要介紹自家司機很安全，能讓女乘客踏實乘坐，一路上什麼都不會發生，我就拿胡斐來做廣告，說這家的司機就像胡斐一樣安全，陪你去北京，一路上什麼都不會發生。

小時候看臺灣版的《雪山飛狐》電視劇，龔慈恩演的程靈素特別美，還記得她在藥王谷亮相的那一幕，真是美極了。後來看了小說我才知道，程靈素其實一點都不美，她營養不良、發育不好，明明十七、八歲了，但看上去還只有十三、四歲的樣子，而且頭髮枯黃、面有菜色，皮膚也不好。

可以感覺到程靈素在感情上挫敗感特別強，別的什麼她都可以努力，唯獨童年營養不好、相貌不佳，這她又能怎麼辦？肯定是加倍憂傷。

對胡斐的感情，程靈素一直沒有走出來。可以說，胡斐提出結拜兄妹的時候，她的心就受創了，一直到人生的最後，這個傷口也沒癒合。程靈素的死有賭氣的成分，她為胡斐吸毒血死了，似乎也是在對胡斐說，你不喜歡我，我就為你死了，讓你知道自己錯過了多麼珍貴的東西。

程靈素等於是中了毒。她自己就是用毒的高手，卻中了情感的毒。**人要是陷進感情的漩渦裡，就無法講道理。**

不要說一個情竇初開的女孩子，哪怕是花花公子、大流氓，也有可能一頭栽進感情之中。這個毒沒有道理可言，難以避免。

中毒是不需要理由，也不需要本事的，然而，能不能從一份潰敗的感情裡走出來，需要本事。

換句話說，愛上別人不需要能力，走出一份愛則需要能力。程靈素沒有這個能力。中了情毒，一頭栽進去，非但不設法解毒，自己還不斷加大劑量，終於無藥可解。

對於失敗的愛情，最好的解藥是什麼？最關鍵的兩種，一個叫經驗，一個叫時間。

先來說經驗，談戀愛需要經驗。感情這件事有點像習武，要實際嘗試過，多打幾個沙包。王語嫣背得出再多武功祕笈也不能打，也是同理。天資再聰穎、再機靈，明白再多的道理，不多接觸幾個異性，最後也會變成什麼都很行，唯獨面對感情不行的程靈素。

有的女孩子不談戀愛，好像是為了賭一把大的、賭一個對的，一直忍著不出手，出手就想一把中頭獎。這不一定對。要是經驗不夠，就算遇到了那個「對的人」，也很有可能會屁胡（按：麻將術語，贏錢最少的牌）。

程靈素就是典型的沒經驗。她從小在藥王谷長大，師父是鼎鼎大名的毒手藥王，學識淵博，教了程靈素很多東西，下毒治病、武功內力，都可以教，可惜卻教不了感情。

看看程靈素三個師兄、師姐的糟糕情感經歷，就知道藥王師父教不了感情，那真是驚心動魄的相愛相殺。

師妹薛鵲苦戀大師兄慕容景岳，居然毒死大師兄的妻子；而慕容景岳為妻復仇，用毒藥將薛鵲毀容，變成殘疾；然後薛鵲嫁給了二師兄姜鐵山，大師兄卻又來糾纏。三個人沒有一個懂得怎麼去愛。他們都很渴望愛，但是都愛而不得其法，全是悲劇。

藥王師父教不了，師兄師姐們又是壞榜樣，程靈素作為最小的師妹，自然也缺少面對感情的經驗。

除了沒有經驗，程靈素也沒有時間來治癒情傷。她跟胡斐相處的時間其實很短暫，從藥王谷走到北京，她就死了。這其中雖然經歷了許多風雨坎坷，讓人覺得時間很長，但實際上並不長。

一路上，程靈素一直在跟胡斐賭氣，也在跟自己賭氣，沒有時間去思考，沒有時間醒醒腦，好好琢磨這份感情。

以她的靈性，假如有充裕一點的時間，她很可能會慢慢察覺，胡斐其實不適合自己。

胡斐好勝要強，不大能接受女朋友強過自己，而程靈素機智、靈敏，處處都強過他。而且胡斐還疑心重，有時信不過程靈素。程靈素幫大俠苗人鳳治眼睛，苗人鳳本人都毫不擔心，將眼睛大膽給她治，反倒是旁觀的胡斐擔心得很，總怕程靈素暗中使壞。

胡斐還特別看重相貌，喜歡的都是美女，從情竇初開的馬春花、相互曖昧的袁紫衣，到最後一見鍾情的苗若蘭，個個都是美女。程靈素偏偏不美。

我倒覺得更適合程靈素的，是郭靖這種類型的人。對郭靖而言，伴侶的聰明絕對不會成為負擔，他沒那麼敏感好勝。郭靖也更加信人不疑，對程靈素不會那麼懷疑、生分。此外，郭靖還不是所謂的顏值控。

初和黃蓉見面的時候，黃蓉不過是個邋裡邋遢的小叫化子，郭靖一樣花了大把銀子，送上貂裘寶馬。黃蓉一個小紙條，他就直接趕去見面。郭靖對容貌的美醜更遲鈍一些，更善於體會兩個人相處那種舒服的感覺。

如果程靈素能多經歷一、兩次戀愛，有多一點時間來慢慢梳理、緩解，一定會明白真正適合自己的人是什麼樣子。奈何天意不憐幽草，她愛得太快，死得太早，沒有時間了。

她的人生，很像一個隱喻。

當年，師父毒手藥王有一個規矩：不能使用沒有解藥的毒藥。

凡是無藥可解的劇毒，本門弟子決計不可用以傷人。對方就是大奸大惡，總也要給他留一條回頭自新之路。

程靈素一直謹記師父的教誨，不使用沒有解藥的毒藥。七心海棠無藥可解，所以她就一直不使用。結果，她自己卻中了一種幾乎無解之毒，就是愛情。而這種毒究竟怎麼解，師父從沒有教過。

第33章
職場人最該練的功夫，不是拍馬屁

——《天龍八部》符敏儀

混職場，最難的是什麼？

對一些人而言，馬屁功還不是最重要的，更重要的是避責功。做任何事情，先想好怎麼不背黑鍋，就算萬一出事，被罵的永遠是對面同事。

混職場，最難的是什麼？有人說：揣摩主管的心。

這個回答不錯，已經很接近正確答案了，但還不是最準確的。更難的是另一點：**當你實在揣摩不出主管的心意，或是主管偏偏不讓你揣摩心意時，辦事還必須不犯錯、不落下把柄。這才是最難、也最考驗人的。**

來看《天龍八部》裡的一個例子，在女主管心意極其不明朗的情況下，一群分公司的員工，是怎麼做到趨利避害。

書中有一章，段譽和一個叫無量洞的門派發生了一些爭執、齟齬，被無量洞的人抓了起來。

按照常理，段譽不過是旁人眼中一個閒雜社會青年，不會武功，貌似沒什麼背景，隨便處置一下就好，打一頓放了，或者再狠惡一點，一刀殺了丟到河裡，當作失蹤人口，都是家常便飯。

此時，一個小意外發生了。無量洞的主公司——天山集團正好派了人來視察，帶隊的女主管叫符敏儀，頭銜「聖使」。

這個上面派來的主管年紀很輕，才二十多歲，相貌氣質俱佳，可是有個問題，就是脾氣不好、作風粗暴，張口罵人、閉口打人，無量洞的部屬們壓力都很大。

但讓人出乎意料的是，這位主管見了被俘的段譽，也不知道是什麼緣故，偏偏態度不壞，甚至頗為客氣，並未惡語羞辱之，還呼之為「段相公」。

這樣一來，底下的人就麻煩了。作為部屬，無量洞的人必須做出決定──現在拿這個俘虜段譽怎麼辦？

這件事，難就難在上面沒有半點明示或暗示。是要繼續關？還是放？還是殺？誰都不知道。

倘若符聖使明確表態，說「把段公子放了，請他沐浴更衣，本座要和他聊聊茶花種植技術」，又或者反過來說「老娘最看不慣婆婆媽媽的小白臉，殺」，那都很好解決。又或者，符聖使說「段相公怎麼餓瘦了？平時給人吃的什麼玩意兒」，那也好處理，趕快升級伙食，四菜一湯、水果優酪乳，善加款待即可。

但現在的問題是，符聖使除了叫人幾聲「段相公」，別的指示一概沒有，雙方簡單聊完就散了，聖使還是聖使，俘虜還是俘虜。

你還絕對不能去胡亂腦補。叫幾聲「段相公」就是對段譽有意思嗎？萬一她只是尊重讀書人呢？萬一只是當時股市漲了，她心情好呢？要是自作主張，把段相公放了，甚至是拉到聖使面前去聊茶花種植，結果人家不是那個意思，說你自作主張，怒髮衝冠，那該如何是好？

在職場上，有些人就屬於拍馬屁不考慮後果，膽子大、花樣多，喜歡去賭主管的心意。其實這樣不好，出錯的機率很大。

眼下唯一穩妥的選擇，是必須在完全不清楚聖使真實心意的情況下，把這件事辦得滴水不漏，不管將來出現什麼情況，自己都能交代。

在小說中，無量洞可是煞費苦心。

首先，這個小白臉段譽不能殺。無量洞的人想得很清楚，原話是：

> 要是符聖使有一天忽然派人傳下話來：「把段相公送上靈鷲宮來見我。」咱們卻已把這姓段的小白臉殺了，放了，豈不是糟天下之大糕？

同理，段譽也不能放。如果放了，主管到時候要人，豈不是一樣倒楣？

選擇只剩下一條：關，一直關下去，永遠關下去，時刻準備著，必須保證上級什麼時候要，我們都有人可以給。

所以，段譽就這樣糊裡糊塗的被一直關了下去，差點從小白臉關成老白臉。

在門派裡，有的年輕小師弟對此不大理解，問了師兄一個很天真的問題：

要是符聖使從此不提，咱們難道把這小白臉在這裡關上一輩子，以便隨時恭候符聖使號令到來？

對於這個問題，師兄的反應很有意思：「笑道：『可不是嗎？』」師弟提的這個問題，是典型的新鮮人問題；而師兄的那個笑，是典型的老鳥之笑。

新鮮人的這種疑惑，很具代表性。他覺得僅僅因為一個極無厘頭的原因，把人平白無故關一輩子，太荒誕，說出去也不好聽。再說，養一輩子，管吃管喝，成本也太高，著實浪費，怎麼能做這麼無理又浪費的事呢？

而師兄聽罷便笑了起來。師兄早已經悟透了，荒誕不荒誕、浪費不浪費，在重大的風險面前都可以忽略。反正浪費的資源是門派的，損害的名聲也是門派的，但萬一事沒辦妥，留了隱患，那打的可是自己的屁股！

除了以上問題，無量洞還要掌握好一個環節。關段譽的時候，要給他什麼樣的生活待遇，也非常考驗水準。用一句話概括就是：對他既不好又要好，既好又要不好。

來解釋一下其中的微妙之處。首先，你必須對他不好。

有些頭腦簡單之輩，一看主管對段譽和氣，就十分優待對方，乃至於天天按摩洗腳、給紅燒肉吃，當老爺來伺候。這就等於踩了紅線、越了界，會為自己惹下無窮隱患，搞不好到時候還得承擔責任。

段譽眼下是什麼身分？仍然是敵人、俘虜、問題分子。上級有明確表示特別優待他嗎？沒有！有明確表示他不是壞分子嗎？更沒有！須知無論什麼時候，做工作都是方向正確第一。對敵人，你能好嗎？難道連敵我都分不清了嗎？

那麼，對段譽不好，就可以猛整、狂虐、搞殘他嗎？那也不行。人家可是聖使口中的段相公，搞不好以後變成段兄、段甜心、段歐巴。萬一上面又要人，你交上去一個面黃肌瘦、半死不活，被折磨得人不像人、鬼不像鬼的段相公，難道不想活了？

所以金庸寫得妙，在小說中，段譽被關押的那些日子，受到的待遇很有意思，就是典型的既好又不好，既不好又好。

一方面，段譽被人凶、被訓斥，還被威脅要賞他巴掌：

> 再要吵吵嚷嚷，莫怪我們不客氣。你再開口說一句話，我就打你一個耳刮子。

住的地方也條件一般，「房中陳設簡陋」，絕沒有升級成豪華酒店。這就屬於我說的

「對他不好」。

但從另一個角度來看，段譽也的確被優待。房子雖然不奢華，但起居用品齊備，「有床有桌」，而且「開間寬敞」，絕對不是那種馬桶就在腦袋旁邊、拿磚頭當枕頭用的恐怖牢房。

此外，伙食也尚可：

> 睡不多久，便有人送飯來，飯菜倒也不惡。

睡不多久便送飯，說明沒有餓著段譽；飯菜不惡，說明伙食開得不錯，估計也有番茄炒蛋、青椒炒肉之類。這就屬於我說的「對他好」。

如此一來，日後不管上面的風向怎麼變、主管的意圖是什麼、段譽是否能鹹魚翻身，自己都沒做錯，都說得過去。你可以說自己一直以來都在對段歐巴優待關照、人道對待，也可以說自己一直都對段人渣嚴加懲治、毫不手軟。

一般外行人看職場，總覺得拍馬屁最重要。其實不然，馬屁功並不是安身立命的根本。**和馬屁功相比，更關鍵、更基礎的是另外一門功夫──避責功，就是做任何事情，先想好怎麼能不背黑鍋；不管將來風向怎麼變，自己的工作都講得通，沒什麼毛病可以挑，**

被罵的永遠是對面同事。

從段相公這件事情的處理上來看，無量洞真的挺有前途。金庸為什麼叫他們無量洞？因為真的是前途無量啊！

國家圖書館出版品預行編目（CIP）資料

越過人生的刀鋒：金庸筆下的女子：人生有三件事最難越過：面對誘惑、面對委屈、面對執念。金庸寫女人，比英雄更動人。／六神磊磊·讀金庸團隊著. -- 初版. -- 臺北市：任性出版有限公司，2023.02
320 面；17 × 23 公分. --（issue；047）
ISBN 978-626-7182-11-6（平裝）

1. CST：金庸　2. CST：武俠小說　3. CST：文學評論

857.9　　111018613

issue 047

越過人生的刀鋒：金庸筆下的女子

人生有三件事最難越過：面對誘惑、面對委屈、面對執念。
金庸寫女人，比英雄更動人。

作　　者／六神磊磊．讀金庸團隊
責任編輯／李芊芊
校對編輯／林盈廷
美術編輯／林彥君
副總編輯／顏惠君
總 編 輯／吳依瑋
發 行 人／徐仲秋
會計助理／李秀娟
會　　計／許鳳雪
版權主任／劉宗德
版權經理／郝麗珍
行銷企劃／徐千晴
行銷業務／李秀蕙
業務專員／馬絮盈、留婉茹
業務經理／林裕安
總 經 理／陳絜吾

出 版 者／任性出版有限公司
營運統籌／大是文化有限公司
臺北市 100 衡陽路 7 號 8 樓
編輯部電話：（02）23757911
購書相關諮詢請洽：（02）23757911 分機 122
24小時讀者服務傳真：（02）23756999
讀者服務E-mail：dscsms28@gmail.com
郵政劃撥帳號：19983366　戶名：大是文化有限公司

法律顧問／永然聯合法律事務所
香港發行／豐達出版發行有限公司 Rich Publishing & Distribution Ltd
地址：香港柴灣永泰道 70 號柴灣工業城第 2 期 1805 室
Unit 1805, Ph.2, Chai Wan Ind City, 70 Wing Tai Rd, Chai Wan, Hong Kong
電話：21726513　傳真：21724355
E-mail：cary@subseasy.com.hk

封面設計／林雯瑛　內頁排版／江慧雯
印　　刷／緯峰印刷股份有限公司

出版日期／2023 年 2 月初版
定　　價／新臺幣 420 元（缺頁或裝訂錯誤的書，請寄回更換）
I S B N／978-626-7182-11-6
電子書ISBN／9786267182147（PDF）
9786267182154（EPUB）

　　Printed in Taiwan